Friedrich Dürrenmatt
Gastprofessur
für Weltliteratur

Wendy Law-Yone

DÜRRENMATT UND ICH

Eine Passage von Burma nach Bern

DÜRRENMATT AND ME

A Passage from Burma to Berne

Aus dem Englischen von Johanna von Koppenfels

Mit einem Nachwort von Marijke Denger

Texte zur Friedrich Dürrenmatt Gastprofessur
für Weltliteratur

Herausgegeben von Oliver Lubrich

VERBRECHER VERLAG

Die burmesisch-amerikanische Autorin Wendy Law-Yone beschreibt in diesem Buch, wie wichtig für sie und ihr Schaffen die Begegnung mit der deutschen Sprache und dem Werk Friedrich Dürrenmatts gewesen ist. Über die deutsche Sprache kam sie zum Schreiben. Beeindruckt von Dürrenmatts Tragikomödie »Der Besuch der alten Dame«, beschäftigte sie, die von der Militärdiktatur aus ihrem Land vertrieben wurde, sich insbesondere mit dem Thema der Rache. Ihr Bericht ist sehr persönlich, offen und heiter.

Dieser Band präsentiert einem deutschsprachigen Publikum erstmals ein Werk einer postkolonialen Autorin, die im englischsprachigen Raum bereits eine anerkannte Größe ist.

Wendy Law-Yone wurde 1947 in Mandalay, Burma, geboren und wuchs in der damaligen Hauptstadt Rangun auf. Ihr Vater gründete 1948 die erste englischsprachige Zeitung nach der Unabhängigkeit des Landes. Sie wurde in Folge des Militärputschs 1962 aufgelöst, Law-Yone als Herausgeber verhaftet. Auch Wendy Law-Yone wurde inhaftiert, konnte 1967 jedoch ausreisen, zuerst nach Thailand und später in die USA. Dort studierte sie, arbeitete als Journalistin und publizierte ihre ersten Romane, »The Coffin Tree« (1983) und »Irrawaddy Tango« (1993). 2002 übersiedelte sie nach Großbritannien, wo 2010 ihr dritter Roman, »The Road to Wanting«, erschien. 2013 folgte »Golden Parasol: A Daughter's Memoir of Burma«. Wendy Law-Yone lebt heute in London und in der Provence.

INHALT

For Phyllis Richman, through passage after passage.

Von Bern nach Burma und zurück

Wendy Law-Yone, Friedrich Dürrenmatt und Weltliteratur

Oliver Lubrich

Von Burma nach Bern führte Wendy Law-Yones Weg, und Friedrich Dürrenmatt spielte dabei eine besondere Rolle. So berichtet die burmesische Autorin in diesem Buch.

Geboren 1947 in Mandalay, in Zentral-Burma, wuchs Wendy Law-Yone als Tochter eines unabhängigen Journalisten auf, Edward Law-Yone (1911–1980), Gründer und Verleger der Zeitung *The Nation.* Ihm widmete sie ihre Memoiren, *Golden Parasol: A Daughter's Memoir of Burma* (2013). Als nach dem Militärputsch in ihrer Heimat (1962) ihr Vater verhaftet und sie selbst am Studium gehindert wurde, lernte Wendy Law-Yone Deutsch. »Um mich herum herrschte das Chaos«, erinnert sie sich, »aber die deutsche Sprache gab mir Struktur«. Als die Bibliothek des Goethe-Instituts in Rangun aufgelöst wurde und sie dabei half, die Bücher einzupacken, entdeckte sie Friedrich Dürrenmatt.

Nach ihrer Flucht aus Burma schrieb Law-Yone einen Essay über Dürrenmatt, der ihr die Türen einer Universität in den USA öffnete. Als Abschlussarbeit reichte sie einen Entwurf ihres ersten Romans ein, *The Coffin Tree* (1983). Als Antwort auf Dürrenmatts Theaterstück

Der Besuch der alten Dame (1956) konzipierte sie ihren zweiten Roman, *Irrawaddy Tango* (1993), der von der Heimkehr und Rache einer Vertriebenen erzählt, die einst die Geliebte des Herrschers war. Die deutsche Sprache und Dürrenmatts Literatur werden bei Wendy Law-Yone zu einer politischen und existentiellen Metapher. Sie stehen für die Auseinandersetzung mit Burma, seiner Geschichte und seiner Diktatur.

Im Herbstsemester 2015 kam Wendy Law-Yone als Friedrich Dürrenmatt Gastprofessorin für Weltliteratur an die Universität Bern – in den Heimatkanton des Schweizer Schriftstellers. Hier unterrichtete sie ein wöchentliches Seminar zur asiatischen Gegenwartsliteratur: »Explosive Transformation: Globalisation and its Discontents in Asian Fiction«. Auf dem Programm standen Romane von Aravind Adiga aus Indien (*The White Tiger*), Mohsin Hamid aus Pakistan (*How to Get Filthy Rich in Rising Asia*), Yu Hua aus China (*The Seventh Day*) und Wendy Law-Yone selbst (*The Road to Wanting*), dazu Kurzgeschichten unter anderem von Krys Lee aus Korea und Prajwal Parajuly aus Nepal. In einem Doktoranden-Workshop mit dem Titel »The Road to Wanting: a Zomian Journey« führte Law-Yone Berner Promovierende anhand ihres Romans *The Road to Wanting* (2010) in das burmesisch-chinesische Grenzgebiet. Die Autorin setzt sich für die Rechte ethnischer Minderheiten ein und kritisiert öffentlich die Behandlung der muslimischen Rohingya. Neben ihrem Seminar und dem Doktoranden-Workshop an der Universität hielt Wendy Law-Yone in Bern, Basel, Biel, Zofingen und Zürich öffentliche Vorträge, sie gab Lesungen und nahm an Diskussionen teil.

Die Friedrich Dürrenmatt Gastprofessur für Weltliteratur wurde 2013 an der Universität Bern eingerichtet, um Literatur »aus erster Hand« zu vermitteln, durch internationale AutorInnen. Es geht dabei weder um »Kreatives Schreiben« noch um »Poetikvorlesungen«. Die Gäste unterrichten ein Thema ihrer Wahl in einer Form ihrer Wahl. So ergeben sich neue Inhalte im Lehrprogramm, wie sie von den Dozierenden sonst nicht angeboten werden. Und es entstehen neue Formate des Unterrichts in einem kreativen Freiraum abseits von »Bologna-Reform«, »Modularisierung« und »Obligatorien«. Joanna Bator aus Wałbrzych zum Beispiel gab einen Kurs über »Unheimliche Orte« und lud die TeilnehmerInnen ein, solche in Bern selbst zu erkunden. Juan Gabriel Vásquez aus Bogotá diskutierte seine Ideen von der »DNA« des Romans nicht nur mit seinen Studierenden, sondern auch mit internationalen Kollegen, die im Seminarraum per Skype zugeschaltet wurden – etwa Javier Cercas aus Madrid. David Wagner aus Berlin lehrte die Kunst der »Promenadologie« – mit Walter Benjamin und Robert Walser und mit »ambulanten Referaten«. Es ging darum, das Eigene mit fremdem Blick neu sehen zu lernen.

Friedrich Dürrenmatt wurde 1921 in Konolfingen im Kanton Bern geboren. Er studierte an der Universität Bern. Der Name Dürrenmatt steht für eine Weltliteratur *aus* Bern. Von Wendy Law-Yone erfahren wir, dass Dürrenmatts Literatur bis nach Burma gelangte und dort eine neue Bedeutung bekam. Die nach ihm benannte Gastprofessur kehrt Dürrenmatt um. Sie bringt Weltliteratur *nach* Bern. Ihre Inhaber kamen bislang aus Deutschland, Polen, Haiti, Kuba, dem Kongo, Kolumbien, Dänemark, China, der Türkei, Israel und Frankreich sowie aus der Schweiz. Und nicht zuletzt aus Mandalay beziehungsweise aus Rangun in Burma.

Die Friedrich Dürrenmatt Gastprofessur für Weltliteratur wurde geschaffen mit großzügiger Unterstützung durch die Stiftung Mercator Schweiz, und sie wurde verstetigt mit Hilfe der Burgergemeinde Bern. Der vorliegende Band wurde verwirklicht mit einer Förderung durch die Stiftung Pro Scientia et Arte. Im Projektteam mitgewirkt haben Thomas Nehrlich, Delia Imboden, Vera Jordi, Elena Bertagna und Livia Notter, Petra Riedweg, Michael Toggweiler, Ariane Lorke, Gabriel Rosenberg und Viviane Blanchard sowie Manuela Rossini.

From Berne to Burma and Back

Wendy Law-Yone, Friedrich Dürrenmatt, and World Literature

Oliver Lubrich

Wendy Law-Yone's journey led from Burma to Berne, and Friedrich Dürrenmatt accompanied her on it. This is what the Burmese author tells us in this book.

Born in Mandalay, central Burma, in 1947, Wendy Law-Yone grew up as the daughter of the independent journalist Edward Law-Yone (1911–1980), founder and publisher of the daily newspaper *The Nation*. Her memoir, *Golden Parasol: A Daughter's Memoir of Burma* (2013), is a tribute to her father's legacy, professional and familial. It was after the military coup in 1962, when her father was imprisoned and she was barred from higher education, that Law-Yone first learned German. 'All around me was chaos,' she remembers, 'but the German language gave me a structure.' When the library of the Goethe Institute in Rangoon closed and she helped pack the books, she discovered Friedrich Dürrenmatt.

Following her flight from Burma, Law-Yone wrote an essay on Dürrenmatt that helped open the doors to a university in the USA. She graduated with an honours degree, submitting for her thesis an early version of what would become her first novel, *The Coffin Tree* (1983). Her second novel, *Irrawaddy Tango* (1993), was a response to Dürrenmatt's play, *The Visit* (1956), and centres on the return and revenge of an exiled woman who was once the dictator's lover. In Wendy Law-Yone's life and work, the German language and Dürrenmatt's writing form a political and existential metaphor. They represent her engagement with Burma, its history and its dictatorship.

In the fall term of 2015, Wendy Law-Yone was the Friedrich Dürrenmatt Guest Professor for World Literature at the University of Berne, in the home canton of Switzerland's celebrated writer. She taught a weekly seminar on contemporary Asian literature, 'Explosive Transformation: Globalisation and its Discontents in Asian Fiction'. The syllabus featured novels by Aravind Adiga from India (*The White Tiger*), Mohsin Hamid from Pakistan (*How to Get Filthy Rich in Rising Asia*), Yu Hua from China (*The Seventh Day*), and her own work (*The Road to Wanting*), in addition to short stories by Krys Lee from Korea and Prajwal Parajuly from Nepal, and others. In a workshop entitled 'The Road to Wanting: a Zomian Journey', Law-Yone took a group of doctoral students on an imaginary voyage to the border region between Burma and China, using her novel *The Road to Wanting* (2010) as a guidebook. The writer advocates the rights of ethnic minorities and publicly criticizes the treatment of the Muslim Rohingya. In addition to her seminar and the PhD workshop at the University, Law-Yone gave public lectures and readings and took part in discussions in Berne, Basle, Biel, Zofingen and Zurich.

The Friedrich Dürrenmatt Chair for World Literature was established at the University of Berne in 2013. Its goal is to convey literature 'firsthand', with international authors as teachers. The programme is neither 'Creative Writing' nor 'Lectures in Poetics'. Rather, the guest professors teach a topic of their choice in a form of their choice. Their curricula feature new content not ordinarily offered by academic scholars. The introduction of experimental forms of teaching in an open space of creativity are an attempt to counterbalance the ever more bureaucratic course of studies. Joanna Bator from Wałbrzych, for example, held a class on 'Uncanny Places', and encouraged her students to explore those in Berne. Juan Gabriel Vásquez from Bogotá discussed his theories about the 'DNA' of the novel with his students and with international colleagues—among them Javier Cercas from Madrid, via Skype conference calls. David Wagner from Berlin taught the art of 'promenadology' as practiced by Walter Benjamin and Robert Walser, in the old town and the hills of Berne. The aim was 'to look at the familiar with the gaze of the foreigner'.

Friedrich Dürrenmatt was born in Konolfingen in the canton of Berne in 1921. He studied at the University of Berne. The name Dürrenmatt thus stands for world literature *from* Berne.

Wendy Law-Yone proves that Dürrenmatt's literature travelled all the way to Burma and took on new meaning there. The guest professorship named after him acknowledges Dürrenmatt's reach in reverse, bringing world literature *to* Berne. The authors have come from Germany, Poland, Haiti, Cuba, Congo, Colombia, Denmark, China, Turkey, Israel, and France as well as from Switzerland. And from Rangoon, Burma.

The Friedrich Dürrenmatt Guest Professorship for World Literature was created with the generous support of the Mercator Foundation Switzerland and with the Burger Community Berne. This book was made possible thanks to the Pro Scientia et Arte Foundation. Thomas Nehrlich, Delia Imboden, Vera Jordi, Elena Bertagna, Livia Notter, Petra Riedweg, Michael Toggweiler, Ariane Lorke, Gabriel Rosenberg, Viviane Blanchard, and Manuela Rossini have contributed to the project since 2013.

Dürrenmatt und ich

Eine Passage von Burma nach Bern

Wendy Law-Yone

Es war mein erster offizieller Auftritt, und ich war spät dran. Oliver Lubrich, der Programmdirektor und Gastgeber des Abends, wartete draußen auf den Stufen des Universitätsgebäudes, einer beeindruckenden neobarocken Villa, die mich innehalten ließ. Aber jetzt war keine Zeit zum Trödeln. Halb rennend hastete ich über den Rasen, atemlos und eine Entschuldigung murmelnd. Doch Oliver Lubrich empfing mich ohne ein tadelndes Wort, obwohl er, während er mich hineingeleitete, scherzend bemerkte, er habe gerade begonnen sich zu fragen, wer als Ersatzredner für mich in Frage käme ...

Unter prachtvollen hohen Decken durchschritten wir die Eingangshalle: vergoldeter Stuck und Gesimse, bemalte Wände, allegorische Friese, eine Marmortreppe ... Der Hörsaal befand sich im Obergeschoss, und einen Moment lang wollte ich im Boden versinken, als mir klar wurde, dass ich etwa 30 Leute hatte warten lassen, die alle ruhig dasaßen. Auf eine Wand des eleganten Konferenzsaals waren zwei Bilder nebeneinander projiziert: eines von Rangun und eines von Bern. Ich hatte das Farbfoto von Rangun ausgewählt. Es zeigte eine typische Innenstadtstraße mit ihrem Gewirr aus elektrischen Leitungen, die wie Girlanden vor den oberen Etagen der Gebäude hingen. Das Bild von Bern war eine typische Aufnahme der Altstadt: Arkaden aus beigegrünem Stein und bunt flatternde Fahnen, die auf einen Uhrenturm zuliefen. Auch hier waren dünne Kabel über die Straße gespannt: aber symmetrisch, fast unsichtbar – für die Straßenbahn.

»Heute Abend zu Ihnen sprechen zu dürfen, ist mehr als eine große Ehre für mich«, lauteten meine ersten Worte, nach den formellen Einführungen.

Natürlich war es schon eine Ehre für mich, als Schriftstellerin, die in Burma geboren und aufgewachsen war, eine Antrittsrede an der Universität Bern zu halten. Aber die Friedrich Dürrenmatt Gastprofessur für Weltliteratur innezuhaben war mehr, weit mehr als eine Ehre. Denn was die Auswahlkommission, die für meine Berufung zuständig gewesen war, nicht wusste, und was ich nun verriet, war die Tatsache, dass ich eine ganz besondere, fast intime Beziehung zu dem Mann gehabt hatte, nach dem meine Professur benannt war. Mein Verhältnis zu Herrn Dürrenmatt war in der Tat so einzigartig, so *verschwiegen*, dass der große Mann bis zu seinem Tod nie etwas davon erfuhr.

Ein leichtes, höfliches Lachen kam aus dem Publikum. Ein geheimer Seufzer der Erleichterung von meiner Seite. Jetzt brauchte ich nur noch in der folgenden Stunde die Episoden meiner Reise von Burma, meinem Geburtsort, nach Bern, in den Heimatkanton Friedrich Dürrenmatts, meines postumen Wohltäters, wenn es einen solchen Ausdruck gibt, zu erzählen.

Was nun im ersten Teil folgt, ist eine ausführliche Fassung meiner Eröffnungsrede vom September 2015.

Teil zwei ist eine entsprechende Ausführung meiner Abschiedsrede vom Dezember 2015.

1. Burma

Ich begegnete Friedrich Dürrenmatt das erste Mal in meiner Teenagerzeit – mit 17 Jahren, um genau zu sein. Damals wohnte ich noch zu Hause, und zu Hause, das war Rangun, in Burma. In jenen dunklen Tagen Mitte der 1960er Jahre, zu Beginn der Militärdiktatur, hatte sich mein Zuhause in so etwas wie eine Sackgasse verwandelt. Dies war nicht – oder nicht nur – eine Redensart, sondern beschrieb auch buchstäblich die Lage unseres Hauses.

Um zur University Avenue 116B zu gelangen, bog man von einer lauten Durchgangsstraße in eine von Bäumen beschattete Wohnstraße ein, die zu einem See führte. Es handelte sich um den Inya See, den gepflegten Ruhepol der Stadt, und unser Haus befand sich am Ende der Straße, direkt am Wasser.

Aber dies war nicht die einzige Sackgasse, in die ich zu dieser Zeit geraten war, als ich das erste Mal mit Herrn Dürrenmatt in Berührung kam.

Eines Morgens im März 1963, um drei Uhr in der Frühe, kam ein Konvoi, der aus einem Kleintransporter, einem Militärjeep und einer LKW-Ladung uniformierter Männer mit Automatikgewehren bestand, unsere Auffahrt herauf und umzingelte unser Haus. Es muss ein außergewöhnlich leises Manöver gewesen sein, denn die einzige, die davon geweckt wurde, war meine Mutter, die in der Familie den leichtesten Schlaf hatte. Sie weckte dann meinen Vater, der immer ganz fest schlief.

Mein Vater stand auf und hantierte, noch schlaftrunken, am Schloss des großen eisernen Tores vor unserer Veranda herum, um einen jungen Offizier eintreten zu lassen. »Gehen wir, Onkel«, war alles, was dieser sagte. »Onkel« gilt als eine respektvolle Bezeichnung für ältere Herren. Als mein Vater sich umwandte, um sich kurz auf einen Stuhl niederzulassen, sich die Augen zu reiben und zu begreifen, was gerade vor sich ging, fügte der Offizier mit eisiger Höflichkeit hinzu: »Und greifen Sie nicht zum Telefon, bitte.«

Ein paar Minuten später, mein Vater hatte sein Gesicht gewaschen und sich angezogen, erschienen noch weitere uniformierte Schatten, die ihn die Stufen unserer Verandatreppe hinunter und in den wartenden Wagen geleiteten. In diesem VW-Bus, angeführt von dem Jeep und gefolgt von dem LKW mit den bewaffneten Männern, wurde mein Vater ...

Und hier waren wir ratlos, was wohl genau mit ihm geschehen war. Hatte man ihn verhaftet? Oder war er zu einer Befragung abgeholt worden? Oder war er von einer Schurkenmiliz entführt worden, um Lösegeld zu erpressen?

Wir, seine Familie, hatten keine Ahnung. Im Gegenteil, was immer wir uns überlegten, konnte weder bestätigt noch mit Gewissheit widerlegt werden. Sicher war nur, dass für Vaters plötzliches Verschwinden weder ein Haftbefehl noch eine Anklage oder eine gerichtliche Verfügung vonnöten gewesen waren, sondern lediglich ein informelles »Gehen wir!« von einem jungen Mann in Khaki und eine nicht ganz so informelle Machtdemonstration durch den begleitenden Konvoi.

Es sollte ein Jahr vergehen, bis uns offiziell mitgeteilt wurde, dass unser Vater von der Militärregierung in »Schutzhaft« genommen worden war. Man hatte ihm gestattet, jede zweite Woche nach Hause zu schreiben. In den Wochen dazwischen konnte er einen Brief von zu Hause erhalten. Kein Schreiben durfte länger als ein Blatt im englischen Papierformat sein.

Vaters erste Nachricht aus dem Gefängnis war, zumindest für mich, eigentümlich enttäuschend. Er hatte das 22 × 33 cm große Blatt in der Mitte gefaltet und jede Hälfte beschrieben, vier Seiten auf Vorder- und Rückseite. Ich hatte noch nie etwas so langes Handschriftliches von ihm gesehen. Längere Mitteilungen meines Vaters waren immer maschinengeschrieben oder gedruckt gewesen: auf den Seiten, die aus seinen beiden Schreibmaschinen herauskamen – der kieselgrauen Smith Corona zu Hause und der kastenförmigen schwarzen Remington im Büro – oder in den Herausgeberkolumnen seiner Zeitung, *The Nation*. Nachdem ich seine sehr gleichmäßige, halb in Druckbuchstaben, halb in Schreibschrift geschriebene und in ihrer ordentlichen Lesbarkeit kindlich wirkende Schrift bewundert und mich über seine sehr einfache Ausdrucksweise gewundert hatte, gab es etwas, auf das ich mir nicht so recht einen Reim machen konnte.

Es waren seine Äußerungen, seine Worte auf diesen Seiten, keine Frage. Aber was für farblose, leblose, *bedeutungslose* Worte standen dort, die nichts darüber verrieten, wo und wie er lebte, nichts davon, was er wirklich dachte oder fühlte. Ich hatte noch nicht verstanden, dass seine Briefe nicht nur für unsere Augen geschrieben, sondern in der faden Sprache der Unverbindlichkeit immer auch für die Zensoren bestimmt waren.

Aber offensichtlich waren sie doch nicht unverbindlich genug für die Bürokraten. Manchmal öffneten wir einen Brief, der uns pünktlich am Posttag zugestellt wurde, und sahen, dass der Zensor eine Rasierklinge bei dem einen oder anderen nicht genehmen Wort angesetzt hatte. Worte wie ›Gefängnis‹ oder ›Land‹ waren sauber herausgeschnitten, auf der Seite blieben kleine rechteckige Löcher. Allerdings hätte selbst ein Kind im Kindergartenalter, allein aus dem Sinn des restlichen Satzes, die Lücken ausfüllen können.

Und ich war kein Kind im Kindergartenalter. Ich war 16 Jahre alt, und plötzlich wurde die ganze Sache mit den *Wörtern* – nicht nur den dynamischen und zugleich merkwürdig blassen Wörtern in den Briefen meines Vaters aus dem Gefängnis, sondern all den Wörtern, die mir überall begegneten – zu einer *ernsten* Angelegenheit.

Eine Zeitschrift, die damals bei uns zu Hause herumlag, ein britisches Heft namens *Encounter*, das mein Vater abonniert hatte, landete in meinem Schlafzimmer und sandte obskure Morsezeichen aus meinem Bücherregal. Auf dem Cover jener Ausgabe stand *Mots Mots Mots* geschrieben. Die schrägen rosa und blauen Schriftzeichen fielen mir schon ins Auge, bevor ich erfuhr, dass diese Buchstaben auf Französisch *Wörter Wörter Wörter* bedeuteten und sich auf die Autobiografie eines französischen Philosophen namens Jean-Paul Sartre bezogen. *Les Mots* war der Titel seines Buches, aus dem hier ein Kapitel abgedruckt war. *Wörter Wörter Wörter*. Sie kamen jetzt aus allen Richtungen zu mir, aufgeladen mit rätselhafter Bedeutung. Da es allgemein bekannt war, dass Telefone abgehört wurden, waren unsere Telefonate codierte Gespräche. Die Unterdrückung verwandelte uns alle in Code-Abhängige: Wir sprachen nicht nur verschlüsselt, wir lasen auch so und gebrauchten eine Sprache, die eher verdunkelte als zu erhellen.

Die Zeitungen – wenn man die beiden offiziellen Regierungsblätter überhaupt so nennen wollte – waren angefüllt mit unverblümten Lügen oder reinem Unsinn von niederschmetternder Kleinlichkeit. Klarheit wurde immer wichtiger – besonders, so schien mir, wenn es um meine Zukunft ging. Denn ich war gerade dabei, aus dem Haus zu gehen, um in Amerika am Mills College zu studieren, als mein Vater verhaftet wurde.

Das Mills war ein College für Frauen in Oakland, Kalifornien, und bekannt für seine Musikabteilung. Pioniere der experimentellen Musik lehrten, studierten oder traten dort auf – oder taten all dies gleichzeitig. Amerika lernte die Werke von Alban Berg, Darius Milhaud, Igor Strawinsky, Béla Bartók und Aaron Copland über das Mills kennen. Benny Goodman spielte mit dem Budapester Streichquartett, Dave Brubeck studierte bei Darius Milhaud, John Cage trat in einem Konzert für Schlaginstrumente auf – und alles unter der Ägide der Musikabteilung des Mills. Jeder, der auf dem Gebiet der Neuen Musik etwas wurde, schaute an irgendeinem Punkt seiner Karriere am Mills vorbei. Karlheinz Stockhausen. Morton Subotnick. Luciano Berio. Dennis Russell Davies. Steve Reich.

Ich zähle diese großen Namen hier auf, als hätte ich damals schon um ihre Bedeutung gewusst. Die einzigen Namen, die mir zu jener Zeit bereits etwas sagten, waren Benny Goodman und Dave Brubeck – und das lag an der Jazzleidenschaft meines ältesten Bruders Hubert. Auf Darius Milhaud, den berühmten Komponisten, machte mich meine Schwester Marlaine aufmerksam, als sie mir von der merkwürdigen Aussprache seines Namens berichtete. Und Marlaine musste es wissen, denn sie hatte ihren Master in englischer Literatur am Mills gemacht. Ich dagegen sollte dort hingehen, um Musik zu studieren, bei so großen Leuten wie Milhaud. (»Miyo, Miyo ...« übte ich leise vor mich hin, unfähig, die merkwürdige Schreibweise dieses Namens zu erfassen.)

Aber Wochen vergingen, dann Monate, und Vater tauchte nicht wieder auf. Ein weiterer Staatsstreich war unwahrscheinlich – saßen doch jeder gewählte Politiker und sein Bruder noch immer hinter Gittern. Es war jetzt Zeit, fand meine Mutter, den großen blauen Samsonite-Koffer wegzuräumen, der fertig gepackt, die Verschlüsse zugeklickt, aufrecht in einer Ecke meines Zimmers stand und darauf wartete, mit seinem kleinen Set von Schlüsseln verschlossen zu werden – es war Zeit, *das Beste daraus zu machen* und sich klarzumachen, *wo die Musik spielte.*

Wie die Dinge lagen, mit dem Klavier in meinem Zimmer, war es ohnehin unmöglich, *nicht* mitzubekommen, wo die Musik spielte. Jedes Mal, wenn ich den Deckel des kleinen Yamaha öffnete, verfiel ich ins Grübeln und schäumte vor Wut über die Ungerechtigkeit des Ganzen. Schließlich gab ich klein bei, indem ich den Koffer auspackte und gleichzeitig mit dem Klavierspiel aufhörte, was eine bittere Art von Befreiung mit sich brachte. Ich hatte jetzt die Freiheit, mich in meiner Verzweiflung zu *suhlen*, meine Faust zu ballen wegen der Verbrechen gegen die Menschlichkeit – meiner Menschlichkeit.

Mein Zimmer lag am äußeren Ende unserer Veranda und machte den Eindruck, als sei es ein wenig vom Rest des Hauses abgesetzt. Es wurde die *Anti-Kammer* genannt – so nämlich hatte ich das Wort *Antichambre* verstanden, als wir einzogen – es war nur mit einem Ausziehsofa unter dem Fenster möbliert, auf dem ich schlief, dem Yamaha, das an der gegenüberliegenden Wand stand, und dem Klavierhocker mit einem Stapel Notenblätter unter seinem Deckel, der bisweilen als Tisch diente. In dieser Anti-Kammer inszenierte ich meine stillen, sinnlosen Proteste.

Mein Bruder Alban schien der einzige zu sein, dem auffiel, dass ich zu spielen aufgehört hatte. »Spiel mir etwas vor!«, rief er manchmal, um zu versuchen, mich aus meiner Schmollecke herauszulocken, während er sich auf meinem Sofa ausstreckte. »Welches Stück war das doch gleich? Das, was so geht: *dam*-da-da, *dam*-da-da, *daaam*-da? Das habe ich dich schon lange nicht mehr spielen hören. Die Hey-den Sonate, nicht wahr?«

»*High*-den, nicht *Hey*-den«, korrigierte ich ihn mürrisch. »Es ist eine *Highden* Sonate.«

»Ja, ja, auf jeden Fall ist es eine *Heiden*arbeit.« Und er kicherte, wie üblich, über seinen Witz.

Alban, zehn Jahre älter als ich, war in Sachen Ziellosigkeit mein Verbündeter. Ein Künstler und ein Träumer war mein Bruder und gesegnet mit einer unverbesserlichen Zuversicht. Vor allem aber war es Alban, der mich aus dem doppelten Trübsinn von Pubertät und Apathie herauslotste und an die reichen Ufer der deutschen Literatur geleitete: um Goethe, Hölderlin, Heine und, ja, Friedrich Dürrenmatt zu entdecken.

~

Tatsächlich war es Albans Freundin Christa, die uns zuerst den Weg in die richtige Richtung wies. Christa Jaeger. Das war bevor Christas Vater, ein deutscher Ingenieur, der von Siemens nach Burma geschickt worden war, um an einer hydroelektrischen Anlage zu arbeiten, meinem Bruder das linke Ohr abbiss.

Der 27-jährige Alban hatte mit der 16-jährigen Christa geschlafen, und eines Tages überraschte der Ingenieur sie im Bett, als sie nicht schliefen. Er griff nach der Gardinenstange und riss sie vom Fensterrahmen. Er fand sie dann aber zu lang und unhandlich für seine Zwecke, warf sie zur Seite und entschied sich für die gute alte Kratz-und-Beiß-Methode. Im nächsten Augenblick war ein Stück von Albans linkem Ohr abgebissen und auf den Boden gespuckt, unweit der Stelle, wo auch er selbst landete.

Doch vor der ›blutigen Attacke des deutschen Schäferhundes‹ – das war der Euphemismus, den mein Bruder als Grund für sein verstümmeltes Ohr nannte – brachte Christa ihm einfaches umgangssprachliches Deutsch bei, das er dann an mich weitergab. (»Wusstest du, dass *father* auf Deutsch *Farty* heißt? Und wenn du dich erkundigen willst, wie es jemandem geht, dann sagst du: *V Gates.*«) Später, als ich mich für einen Deutsch-Intensivkurs am Fremdspracheninstitut angemeldet hatte (noch vor dem Vorfall), half mir Christa über einige frühe Stolpersteine hinweg. Sie verpasste meinem ersten Deutschaufsatz den letzten Schliff, indem sie mich mit umgangssprachlichen Ausdrücken versorgte, die, wenn ich mir die Mühe gemacht hätte sie im Wörterbuch nachzuschlagen – wenn sie überhaupt darin zu finden waren – ganz sicher mit dem Zusatz *(vulg.)* oder *(derb)* versehen gewesen wären.

Als ich versuchte, Christa zu beschreiben, wie gut diese neue Sprache zu mir passte (ich suchte nach dem deutschen Äquivalent für das englische »wie eine Ente zum Wasser«), beendete sie meinen Satz für mich mit »Wie *Arsch auf Eimer*?«. *Arsch* und *Scheiß* kamen in Christas Vokabular häufig vor.

Das neue Fremdspracheninstitut war eine Initiative der Regierung, was bedeutete, dass ich aus rechtlichen Gründen hätte abgewiesen werden sollen. Als aber Herr Dr. Lechner, der Programmdirektor, von meinem Dilemma hörte, entschloss er sich wacker, ein Auge zuzudrücken. Mein Dilemma bestand darin, dass ich als Tochter eines prominenten politischen Gefangenen nicht nur das Land nicht verlassen, sondern mich auch nicht an einer Universität einschreiben durfte.

Dr. Lechner hatte Verständnis für meine Situation. Er sagte, er sehe keinen Grund, warum ich seinen Intensivkurs nicht besuchen sollte. Als »Gaststudentin« hatte ich leider kein Anrecht auf ein Abschlusszeugnis am Ende des Kurses, aber es gab kein Verbot, das mich daran hindern konnte, einen Platz in seinem Klassenzimmer einzunehmen.

An meinem ersten Tag im Institut, ich war ebenso aufgeregt wie neugierig, hatte ich kaum zwischen dem halben Dutzend anderer Studenten Platz genommen – alle männlich, die meisten Staatsbeamte –, als auch schon Dr. Lechner hereinkam. Dieser junge Mann mit dem sandfarbenen Haar begann auf seinen Absätzen zu wippen, strahlte ganz deutlich Autorität aus und wandte sich an uns auf Deutsch, und nur auf Deutsch. Drei Stunden später, als der morgendliche Unterricht vorbei war, hatte er nicht ein einziges Wort in irgendeiner anderen Sprache gesagt.

Dr. Lechner eilte der Ruf voraus, viele Sprachen zu sprechen. Es hieß, er spreche Französisch wie ein Franzose und Englisch wie ein Engländer. Ich fragte mich, warum er dann so finster entschlossen war, kein einziges Wort Englisch zu sprechen, um unser Verständnis deutscher Wörter und deutscher Grammatik zu beschleunigen. Warum sollte man sich auf Zeichensprache und Umschreibungen verlassen?

Am Ende der ersten Woche begann ich, den Sinn dieser einsprachigen Lehrmethode, die mit Mimik, Gestik und anderen non-verbalen Zeichen arbeitete, zu verstehen – bis zu dem Tag, an dem der Konjunktiv kam.

Unsere fortgesetzte Unfähigkeit, zwischen *Indikativ* und *Konjunktiv I* zu unterscheiden, ganz zu schweigen vom *Konjunktiv II*, nötigte Dr. Lechner dazu, auf immer einfachere Definitionen des Konjunktivs zurückzugreifen, bis er, zu meiner noch größeren Verwirrung, so etwas sagte wie: »So würden zum Beispiel Bauern nicht sprechen.«

Zuerst hatte ich den Eindruck, dass das, was Dr. Lechner zu sagen versuchte, etwas mit Bildung zu tun hatte – mit der Verfeinerung und der Präzisierung der Sprache, die mit Bildung einherging. Bauern, die weniger gebildet waren als, sagen wir, Fremdsprachenstudenten, würden natürlicherweise versuchen, ihre Sprache einfach zu halten. Und der Konjunktiv – die Andeutung dessen, was *hätte passieren können* oder unter bestimmten Umständen *noch geschehen könnte*, bisher aber *in der Tat noch nicht* geschehen ist; der Ausdruck eines Wunsches, eines Bestrebens, oder Befehls; die Anerkennung von Unzuverlässigkeit in indirekter Rede, welche die Tatsache, von der sie berichtet, weder bestätigt noch widerlegt – oh, der Konjunktiv war alles andere als einfach.

Aber warum sollte ein Bauer keine Verwendung für den Konjunktiv haben, fragte ich mich. Aufgewachsen in der Stadt, wusste ich so gut wie nichts über das Leben burmesischer Bauern – obgleich unser Land, meinem Geographiebuch zufolge, zu 70 Prozent landwirtschaftlich geprägt war und es daher eine *Unmenge* an Bauern geben musste. Gebildet oder nicht, waren diese Bauern nicht ebenso vertraut mit dem Unsicheren, dem Möglichen, dem Vorbehaltlichen wie die Menschen in der Stadt? Was konnte denn unsicherer sein als das Wetter, zum Beispiel? Oder *fraglicher* als das Schicksal eines Bauern, wenn es eine Missernte geben *sollte*?

Vielleicht, dachte ich, bezog Dr. Lechner sich ja auf *deutsche* Bauern. Wer wusste schon, worin *deren* Unvorhersehbarkeiten und Unsicherheiten bestanden. Es gab hier ein Niveau von Komplexität, das sich mir entzog, aber ich täuschte Verstehen vor. Ich wollte mir vor Dr. Lechners kühl taxierendem Blick keine Blöße geben. Wann immer er auf mich gerichtet war, spürte ich, dass ich mich in mich zurückzog wie die Kugelschreibermiene in meinen nervösen Fingern.

Wie überaus präzise war doch *die deutsche Sprache**.[1] Und wie sehr konnte ich mich für ihre exquisite Präzision begeistern – vor allem, wenn sie auf Leidenschaften und Kümmernisse angewandt wurde, die meiner Neigung entsprachen. Hier gab es ein Vokabular für physische und emotionale Zustände, die meine eigenen mit geradezu unheimlicher Intuition beschrieben. Ein Vokabular, in dem es ein Wort wie *Fernweh** gab. Das Gegenstück dazu war *Heimweh**, das ich bisher noch nicht kannte, unfreiwillig an zu Hause gebunden, wie ich war. Aber *oh weh!** Was für ein rührender kleiner Seufzer von einem Wort war *Weh!** – wie in *Weh mir!** oder in *Wehmut**.

Die alles umschließende *Angst** war ein anderes Lieblingswort von mir – bis Albans Scherze über die *angst* in meiner *pangst* mir den Spaß daran verdarben.[2] Aber nichts traf meine *Weltanschauung** so genau wie der existenzielle Schmerz in *Weltschmerz**.

*Oh, Weltschmerz!** Schmerz in ganz großem Stil! Die ganze Welt war ein einziger großer Schmerz – mit der einen wunderbaren Ausnahme meiner Deutschstunden, in denen Sinn, Ordnung und Struktur herrschten, wo Anstrengung bemerkt und belohnt wurde, meine Anstrengung zumindest.

Schon bald wurde mir bewusst, dass ich meinen Klassenkameraden gegenüber einen natürlichen Vorteil hatte: die Fähigkeit, Eintönigkeit zu ertragen. Sechs Stunden täglich, fünf Tage die Woche todlangweilige, zungenbrecherische, die Kehle austrocknende Konjugationen, Deklinationen und Gesprächsübungen erzeugen eine ganz besondere Art von Überdruss, die selbst junge burmesische Bürokraten nur schwer verdauen können. Meine Klassenkameraden

1 Alle mit Sternchen gekennzeichneten Wörter sind im Original deutsch.
2 *Pangst* ist ein Unwohlsein, das man verspürt, wenn die Hose zu eng ist.

konnten es jedenfalls nicht. In der Unterrichtsstunde direkt nach dem Mittagessen erschlafften ihre Körper, und sie sackten langsam in den Bänken zusammen. Köpfe rutschten Zentimeter für Zentimeter nach vorn und wurden dann ruckartig wieder in ihre ursprüngliche Position gebracht. Das leise Gurgeln im Hintergrund war das Geräusch von Schnarchenden.

Während dieser Stunde der Siesta hatte ich freie Bahn. Eifrig schrieb ich mit, plapperte papageienhaft Dialoge aus dem Lehrbuch nach, sagte Regeln und Merkverse wortwörtlich auf und versuchte damit, Herrn Dr. Eppert, unseren Nachmittagslehrer, zu beeindrucken, bis meine Klassenkameraden wieder erwachten und sich für den Rest des Unterrichts zusammenrissen.

Auf Deutsch liegt der kausale Zusammenhang zwischen *gebildet** und *eingebildet** auf der Hand. Im Burmesischen wird der materielle und mystische Wert von Bildung in einem Spruch zusammengefasst, den jedes Schulkind kennt: ›Bildung ist ein Topf voll Gold, den niemand stehlen kann.‹ Da ich mich für *gebildet** hielt, wurde ich bald auch *eingebildet** und war höchst zufrieden mit meinem Topf voller Bildung. Schon bald führten Fragmente unverdauter Lyrik zu Wahnvorstellungen einer noch höheren Berufung.

> Wer nie sein Brot mit Tränen aß,
> Wer nie die kummervollen Nächte
> Auf seinem Bette weinend saß,
> Der kennt euch nicht, ihr himmlischen Mächte ...*

Goethes melancholische Zeilen gaben mir ein Gefühl von persönlicher Vornehmheit. Hatte es nicht Nächte gegeben, in denen ich noch spät wach gewesen war und einen mitternächtlichen Snack zu mir genommen hatte, der aus altbackenem Brot bestand, gesalzen mit den Tränen des Selbstmitleids? Qualifizierte mich das nicht zu einer Königin des Leidens, die sich auskannte mit den grausamen Launen der himmlischen Mächte? Abgesehen davon, dass ich praktisch nichts über Goethe oder seinen Roman *Wilhelm Meisters Lehrjahre** wusste, aus dem das Gedicht stammte. Wort für Wort sprach dieses Gedicht zu mir. Ja, eigentlich sprach es mir aus der Seele.

In meiner Freizeit begann ich, deutsche Gedichte ins Englische zu übersetzen. Die nötige Vorgehensweise schien mir klar auf der Hand zu liegen: Man schaute jedes Wort in dem großen blau-gelben *Langenscheidt Wörterbuch* nach. Zuerst im Band *Deutsch-Englisch*. Wenn sich dort mehrere Bedeutungen fanden, nahm man sich den Band *Englisch-Deutsch*, um die Gegenprobe zu machen. Mit Hilfe eines Ausschlussverfahrens gelangte man schließlich zu der Bedeutung, die am meisten Sinn ergab. Dann war das nächste Wort dran, wieder wurde eine Vielzahl von Definitionen gelesen, und immer so weiter, Wort für Wort, Zeile für Zeile. Danach kümmerte man sich um den Reim, indem man nach einem passenden Schema im Englischen suchte. Ein schönes Äquivalent zu finden, verlangte, dass man sich einige Freiheiten erlaubte – sogar eine ganze Menge Freiheiten –, denn war der Klang nicht ebenso wichtig wie der Inhalt?

Mit dieser Vorgehensweise versuchte ich mich an einem Gedicht Heinrich Heines über ein junges Mädchen, das einen Sonnenuntergang am Strand beobachtet.

Das Fräulein stand am Meere
Und seufzte lang und bang,
Es rührte sie so sehre
Der Sonnenuntergang.*

Wie sollte man den Klang des Originals hörbar machen, wenn nicht durch ein wenig Ausschmückung? Und so schrieb ich:

> The young girl stood by the edge of the sea,
> Sad and thoughtful she seemed to be,
> The sighs were deep, the smiles were none;
> For it moved her deeply, the setting sun.

Es stimmt, in Heines Gedicht steht nicht, das Mädchen sei traurig und nachdenklich. Aber warum sollte irgendjemand am Ufer des Meeres stehen und so gramvoll seufzen – so *lang und bang** in diesem viel eleganteren deutschen Ausdruck –, wenn nicht aus Traurigkeit und Nachdenklichkeit? In Bezug auf die *smiles being none* hatte ich so meine Zweifel, was die Verwendung betraf. (Ein Lächeln konnte selten sein, aber konnte es nicht vorhanden sein, *none*?) Letzten Endes passte das emphatische *none* aber zu gut, um es nicht zu verwenden, denn es reimte sich auf die unerlässliche Sonne (*sun*) – abgesehen davon, dass im Original kein bisschen gelächelt wurde.

»*The sighs were deep, the smiles were none*«, sinnierte Herr Dr. Eppert laut vor sich hin. »*Ja**, das ... *das* gefällt mir. Die Balance.« Und er bewegte die Lippen, als würde er einen feinen Nachgeschmack genießen. Da Dr. Epperts Englisch nur unwesentlich besser war als mein Deutsch, waren wir uns einig in unserer Genugtuung.

Eines Tages stieß ich auf einen interessanten Ausdruck: *Diabolus in Musica*. Der Teufel in der Musik. Was sollte das bedeuten? Musik konnte sakral sein: wie zum Beispiel in der Kirche. Musik konnte ätherisch sein – himmlisch, nannte man das nicht so? Musik konnte auch profan sein – anzüglich und rüpelhaft (wie im burmesischen

Pwe, unserem Musik- und Tanztheater im Freien). Aber konnte Musik ein Werk des *Teufels* enthalten?

Diabolus in Musica schrieb ich in mein Heft, und es schüttelte mich. Dann schrieb ich:

Er verbeugt sich.
Der Augensumpf
Ist eine Erinnerung
An Nichts ...*

Ein Geiger, besessen, gibt eine Solo-Vorstellung. Ich selbst habe so etwas noch nie gesehen. Ich war noch nie in einem Konzert, in dem ein Sologeiger auftrat. Und doch wird dieser verrückte Musiker, der da vor meinem inneren Auge herumfiedelt, in seiner Ekstase immer ausladender, größer, lauter und teuflischer ...

Erst wenn es vorüber ist, wenn ich meinen Stift hingelegt habe und wieder zu Atem gekommen bin, wird mir der Trick bewusst: ein Trick, den ich sozusagen mit geschlossenen Augen ausgeführt habe. Ich habe Worte aufs Papier geworfen. Keine Worte, wie die von Dichtern wie Goethe, Rilke oder Heine, sondern meine eigenen, meine ureigensten Worte, einfach aus der Luft gegriffen. Und da stehen sie nun, schwarz auf weiß. *Diabolus in Musica.* Ein Gedicht – wenn man es als ein solches bezeichnen darf – in drei Strophen.

»Und wo haben Sie das gefunden?«, fragt Dr. Eppert, die Augen zusammengekniffen, als ich ihm meine Arbeit zeige. Er kann nicht glauben, dass ich das geschrieben habe. Ich brauche kein weiteres Lob.

Zu meiner Enttäuschung kommentiert Dr. Eppert nicht den »Augensumpf«, der eine »Erinnerung an Nichts« ist. Mir scheint er auf einer Stufe zu stehen mit dem nicht vorhandenen Lächeln. Aber egal. Ich bin viel zu aufgeregt nach meiner zufälligen Entdeckung, dass es sehr viel einfacher ist, Gedichte zu schreiben als zu übersetzen.

Es gibt immer einen Augenblick in der Kindheit, sagt Graham Greene, da öffnet sich eine Tür und lässt die Zukunft herein. Lyrik – vor allem deutsche Lyrik – war die Tür, die sich für mich öffnete. Und dann kam die Zukunft hereingeströmt.

~

Mein Vater, noch immer im Gefängnis und ohne Aussicht auf Begnadigung, schrieb mir und teilte mir mit, wie sehr er sich freute, dass ich die Fähigkeit erwarb, Fremdsprachen zu sprechen – ironischerweise zu einem Zeitpunkt, als meine Deutschstudien gerade ein Ende fanden. Wieder war ich gestrandet, ohne Lichter am Horizont, auf die sich mein Blick hätte richten können. Und wieder war es Dr. Lechner, der mich rettete, als er mich einlud, ihm zu helfen, die Bibliothek des Goethe-Instituts aufzuräumen und zusammenzupacken. Er zahlte mir sogar ein Gehalt dafür. Unter der zunehmenden Fremdenfeindlichkeit des Militärregimes erhielten die wichtigsten ausländischen Kulturzentren – British Council, Ford Foundation und Alliance Française – den Befehl, das Land zu verlassen. Das westdeutsche Goethe-Institut war eines der letzten, das seine Zelte abbrach, jetzt war auch seine Zeit gekommen.

Die ordentlichen Bücherregale des Instituts verströmten einen angenehmen Duft, den ich mit Möbelpolitur und ausländischer Literatur assoziierte und mit wohltuenden klimatischen Bedingungen, in denen Bücher und Papiere nicht nach Schimmel rochen. Ich fand den Geruch von Schimmel extrem bedrückend. Er erinnerte mich an unsere Zeit des nie endenden Monsuns mit ihren unaufhaltsamen Ausbrüchen von Schimmel und dem allgegenwärtigen Gestank von nasser Kleidung, nassen Schuhen und nassem Hund. Bücher, Zeitschriften, Comics und alte Zeitungen verströmten einen ganz eigenen Hauch von Verfall.

Aber hier gab es nun ausnahmsweise ein ganzes Zimmer, das von der Decke bis zum Boden mit Büchern angefüllt war, die geradezu *aromatisch* dufteten. Es schien mir, als schwangen darin Spuren eines saubereren, frischeren und offeneren Klimas mit. Während ich begierig durch die Bücherstapel, die sortiert werden mussten, schnüffelte, stieß ich auf ein schmales Bändchen, einen englischen Titel in der deutschsprachigen Abteilung. *Der Besuch der alten Dame. Eine tragische Komödie* von Friedrich Dürrenmatt.

Es handelte sich also um ein Stück, nicht einen Roman, und noch dazu auf Englisch! Das bedeutete, dass es schnell zu lesen war. Ich las das Buch in einem Zug durch und vergaß darüber völlig den Job, den ich erledigen sollte: Bücher zu sortieren und nicht von Anfang bis Ende durchzulesen.

Der Besuch der alten Dame. Claire Zachanassian, »die reichste Frau der Welt«[3], ist mit großem Brimborium in ihren Heimatort Güllen zurückgekehrt, ein kleines Dorf in der Schweiz. Die Ortschaft befindet sich in einer schlimmen Phase wirtschaftlichen Niedergangs, daher werden die Menschen von Claires Eröffnungsrede überrascht. Denn sie erklärt sich bereit, eine riesige Summe Geld zu spenden,

3 Diese Formulierung findet sich nicht im Text selbst, sondern in einer Anmerkung, die der Autor 1956 für die Erstausgabe schrieb (Zürich: Verlag der Arche 1956, S. 102).

die eine Hälfte für die Stadt, die andere soll an die Familien ausgezahlt werden – unter einer Bedingung: dass die Bewohner einen ihrer Bürger ermorden, den Krämer Alfred Ill. Ill ist der beliebteste Einwohner der Stadt, doch vor vielen Jahren war er es, der Claire als junges Mädchen schwängerte und dann mit einer Intrige aus dem Ort vertrieb.

Die Bewohner sind entsetzt über Claires Vorschlag. Natürlich lehnen sie einen solch monströsen Handel zunächst ab. Selbstverständlich halten sie zu ihrem beliebten Ill. Aber Claire kann warten. Und tatsächlich, ganz allmählich werden die Menschen verführt, korrumpiert und schließlich für ihre Zwecke eingespannt. Nach und nach überzeugen sie sich selbst davon, dass Ill, der Mann, der ihrem unverhofften Geldsegen im Wege steht, zur Rechenschaft gezogen werden muss. Am Ende kommt die ganze Stadt zusammen, um ihn hinzurichten.

Das ist also eine Tragikomödie, denke ich, während ich lese: ein Stück, bei dem man sich von Zeile zu Zeile nie sicher ist, ob man lachen oder weinen soll. Tragödie oder Komödie, was mich besonders fasziniert, ist die Figur der Claire Zachanassian. Sie ist eine aufgetakelte *Grande Dame* mit künstlichen Gliedmaßen – einem Holzbein und einer Hand aus Elfenbein. Sie kommt mit einem Gefolge von zwei blinden Eunuchen, zwei Kaugummi kauenden Gangstern, einem angeleinten schwarzen Panther und ihrem siebten (oder neunten?) Ehemann.

Claire ist mit Abstand die ungeheuerlichste Heldin, die mir bis dato begegnet ist. Vom Augenblick ihres ersten Erscheinens, als sie im Zug die Notbremse zieht, um einen ungeplanten Halt am Bahnhof ihres Heimatorts herbeizuführen, bis zu ihrer Abreise aus einem Städtchen, das sie in die Knie gezwungen hat. »Führ mich in mein

Zimmer, Bobby. Laß die Taschen packen. Wir fahren nach Capri.«[4] Claire ist eine Kraft, die mir überlebensgroß und zugleich sehr lebensnah erscheint.

Ist Claire Zachanassian gut oder böse? Mitleidig oder erbarmungslos? Das spielt keine Rolle, zumindest im Augenblick, es ist mir egal. Ich bewundere den Stil der alten Dame, ihre Maßlosigkeit, ihren schwarzen Humor, ihre ausgelebte Böswilligkeit. »Mit meiner Finanzkraft«, sagt sie, »[kannst du dir so viele Gatten leisten wie du willst. Damit] leistet man sich eine Weltordnung.[5] Die Welt machte mich zu einer Hure, nun mache ich sie zu einem Bordell.«[6]

Ich sehe, dass es im *Besuch der alten Dame* ein Nachwort gibt, von Dürrenmatt selbst verfasst: »Die *Alte Dame* ist ein böses Stück, doch gerade deshalb darf es nicht böse, sondern muß aufs humanste wiedergegeben werden, mit Trauer, nicht mit Zorn, doch auch mit Humor, denn nichts schadet dieser Komödie, die tragisch endet, mehr als tierischer Ernst.«[7]

Als der Zeitpunkt kommt, an dem ich etwas schreibe, das einem Theaterstück ähnelt, versuche ich selbstverständlich nicht, eine Tragikomödie in der Art des *Besuchs der alten Dame* hervorzubringen. Ich halte mich auch an keines von Dürrenmatts Verboten schwerer Ernsthaftigkeit. Ich schreibe einfach aus dem Gedächtnis Dialoge auf. Und das Ergebnis könnte fälschlicherweise für das Manuskript eines Theaterstückes gehalten werden.

4 Friedrich Dürrenmatt, *Der Besuch der alten Dame*, in: ders., *Die Stücke*, Zürich: Diogenes 1998, S. 695.
5 Der Text in eckigen Klammern kommt im Originaltext von Friedrich Dürrenmatt nicht vor.
6 Dürrenmatt, *Der Besuch der alten Dame*, S. 655.
7 Geschrieben für die Erstausgabe im Zürcher Verlag der Arche 1956.

Ich tue das nur in der schwachen Hoffnung, auf diese Weise selbst aus dem Gefängnis zu entkommen.

~

»Warum lassen wir nicht einfach etwas Papier in Ihrem Zimmer für den Fall, dass Ihnen etwas einfällt?«, so formuliert es der Inspektor.

»Was genau meinen Sie denn?«, frage ich.

»Na, einfach alles, was Sie von Freunden, Ausländern oder irgendwelchen Leuten, die Sie auf der Straße oder sogar zu Hause getroffen haben, gehört haben«, sagt der Inspektor. »*Background informations*«, fügt er auf Englisch hinzu.

Wieder und wieder habe ich ihm gesagt, dass mir nichts Aufrührerisches oder gar Gefährliches über *irgendjemanden* aus meinem Bekanntenkreis einfällt – Ausländer eingeschlossen. (Ausländer – vor allem Diplomaten – sind in den Augen des MIS, des Militärischen Geheimdienstes, sämtlich Spione für ihre Regierungen.) Und dennoch bedrängt mich der Inspektor unaufhörlich mit denselben Fragen.

Schließlich sage ich: »Also gut, warum lassen Sie nicht Papier da, vielleicht fällt mir ja doch etwas ein.« Ich bin mit meinem Latein am Ende und völlig fertig vor Übermüdung. Die Verhöre dauern von neun Uhr abends bis neun Uhr am nächsten Morgen. Die Beamten arbeiten immer zu dritt (der erste stellt die Fragen, der zweite ist sein Assistent, und der dritte zeichnet alles auf), Schichtwechsel ist gegen drei Uhr morgens.

Sie sprechen immer wieder dieselben Dinge an. Warum habe ich Rangun verlassen? Was machte ich gerade, als sie mich in Moulmein schnappten?

Ich bin von den Wiederholungen wie benommen. Ich schwöre, dass ich die Wahrheit sage. Und die Wahrheit ist, dass ich Rangun in Richtung Moulmein verlassen habe, weil das der einzige mir bekannte Weg war, das Land zu verlassen.

»Das ganze Laufen und Verstecken, nur um das Land zu verlassen!«, verhöhnt mich der Inspektor. »Warum haben Sie nicht einfach einen Reisepass beantragt?«

Einen Reisepass beantragt! Wenn ich die Male, die ich einen Reisepass beantragt habe, auch nur zählen könnte. In den vergangenen zwei Jahren habe ich kaum etwas anderes getan, als einen Pass zu beantragen. Doch wie der Inspektor genau weiß, darf derzeit niemand das Land verlassen ...

»Niemand? Behauptet wer? Woher, in Gottes Namen, bekommen Sie solche Informationen?«

Und so geht es immerfort, diese endlose Folge von Fragen, deren Antworten er längst kennt. Und doch bleibt er dabei. Was weiß ich über diesen? Stimmt das über jenen? Und was ist mit dem großen Deutschen, der mich kürzlich auf einer Cocktailparty in ein langes Gespräch verwickelte?

Sie meinen, das ist mir klar, einen Mann, den ich anfangs für einen Russen (*Russian*) gehalten hatte, ein Irrtum, der dadurch zustande kam, dass ich einen englischen Diplomaten über ihn sagen hörte: »Er ist so ein verdammter Preuße (*Prussian*).« In der Zwischenzeit hatte sich der Preuße in eine meiner besten Freundinnen verliebt, aber das ist eine geheime Information, die nicht der Rede wert ist, denn meine Freundin erwidert seine Gefühle nicht.

»Der große Deutsche? Der mit dem Schmiss, einer *Heidelberger Narbe*?«, frage ich. Endlich – ein Themenwechsel!

Ein Schmiss, eine *Heidelberger Narbe*? Was ist das?

Zufällig habe ich kürzlich etwas darüber gelesen, und so gebe ich bereitwillig Auskunft. »Das ist eine Narbe aus einem Duell«, erkläre ich, »ein Zeichen höchster Ehre unter militaristischen deutschen Studenten. Je gerader die Narbe, desto mehr ist sie ein Beweis für Mut, denn sie zeigt, dass das Opfer des Stichs nicht gezuckt hat.«

Der Protokollant schreibt fleißig mit, als sei ich eine international anerkannte Expertin auf dem Gebiet deutscher Militärtraditionen. Ich nehme das als Ermutigung, und male ein Bild immer grausamerer Details von Verstümmelung und Entstellung im Dienst der preußischen Ehre. Einmal sehe ich, wie der schreibende Beamte das Gesicht zu einer Grimasse verzieht. Keine schlechte Leistung, kann ich mir nicht verkneifen zu denken: ein Mitglied des gefürchteten MIS zusammenzucken zu lassen.

Jedes Mal frage ich nach meiner Entlassung. Man macht mich glauben, dass meine Chancen auf Entlassung sehr viel besser stünden, wenn ich mich bereiterklärte, ein Formular zu unterschreiben, in dem ich verspräche, einen wöchentlichen Rapport darüber zu schreiben, was meine Freunde und Bekannten so tun, vor allem die ausländischen.

Nein, es ist mir leider völlig unmöglich, ein solches Formular zu unterschreiben, sage ich mit höflichem Bedauern, als lehnte ich gerade einen Nachschlag von etwas wahrhaft Köstlichem ab. Ich versuche, so respektvoll wie möglich zu sein, niemanden zu verärgern und das Schicksal nicht herauszufordern. Niemand hat mir bisher ein Haar gekrümmt oder mich offen bedroht. Ich darf nicht widerborstig erscheinen, so, als ob ich mich *weigerte* zu unterschreiben. Ich muss kooperativ wirken. Kooperativ, aber verwirrt, ehrlich verwirrt, denn was sollte ich dem Inspektor schon erzählen können, das er nicht ohnehin bereits weiß?

Ich hoffe, dass er aufhört, über das Formular zu reden, das ich unterschreiben soll. Zum einen glaube ich nicht daran, dass diese Unterschrift zu meiner Freilassung führen würde. Ich weiß, es ist ein alter Trick, den Täter bei ihren Opfern anwenden. Darüber hinaus erfüllt es mich mit einer besonderen Art von Furcht, wenn ich überlege, wie lange ich meinen Widerstand durchhalten würde. Nicht sehr lange, da bin ich mir sicher. Schon ein wenig Druck würde mich brechen, daran besteht kein Zweifel. Ich werde alles unterschreiben, worum sie mich bitten, und ihnen alles erzählen, was sie vermutlich hören wollen. Hatte ich nicht gleich bei meiner Verhaftung schon alles erzählt? Ich bezweifle, dass die Anderen so bereitwillig ›gestanden‹ wie ich.

Ich war nicht die Einzige, die sie verhafteten. Ich hatte einen Schleuser bei mir, eigentlich ein Edelsteinschmuggler, der uns den ganzen Weg bis zur thailändischen Grenze durch den Urwald führen sollte. Und mein Bruder Alban war bei mir, der im letzten Augenblick beschlossen hatte, mich zu begleiten. Alban ist der einzige Mensch, den ich kenne, der schon in dieses Niemandsland vorgedrungen war, wo Malaria und Armeen ethnischer Minderheiten herrschten. Durch die Reisebeschränkungen zwischen den Regionen waren die meisten von uns in Rangun vom Rest des Landes abgeschnitten. Alban hatte jedoch Freunde in der Unterwelt, die ihn im Osten bis ins Karenland und im Westen bis zur Arakanküste gebracht hatten.

»Ich lasse dich nicht ohne mich gehen«, erklärte mein Bruder, als ich ihn in meine geheimen Fluchtpläne einweihte. Doch abgesehen von seiner brüderlichen Sorge hatte er in Wahrheit längst selbst vorgehabt, das Land zu verlassen.

Am verabredeten Tag – fast eine Woche zuvor – nahmen wir einen Zug in Richtung Moulmein, einem Hafen am Fluss. Dort erwarteten uns schlechte Nachrichten: Der Monsun hatte alles überflutet, eine Brücke war eingestürzt, und unser Führer für die zweite Hälfte der Strecke, von Moulmein zur thailändischen Grenze, verspätete sich.

Drei Tage lang harrten wir in einem Unterschlupf von Verwandten unseres Fluchthelfers aus, während der Regen ohne Unterlass niederprasselte. Wegen der lokalen Gepflogenheit, alle Gäste des Hauses, auch jene, die auf der Flucht waren, mit überbordender Gastfreundschaft zu bedenken, und dank der Tatsache, dass unsere Gastgeber sehr stolz darauf waren, dass die Küche von Moulmein als die feinste des Landes galt, wurden wir mit beunruhigenden Mengen von Essen gefüttert. In der dritten Nacht, als wir uns wegen der andauernden Völlerei im Versteck unbedingt einmal an der frischen Luft die Beine vertreten wollten, beschlossen wir, einen kurzen Spaziergang um den Block zu riskieren. Dabei wurden wir von drei Männern in zivil angesprochen und in ein schwarzes Auto verfrachtet.

»Denk an deinen Decknamen! Denk an dein Alibi!«, flüsterte mir der Fluchthelfer auf dem Rücksitz des Autos ins Ohr. Mein Deckname war ein ganz gewöhnlicher burmesischer Name: Ma Nyo (Fräulein Braun). Unser Alibi war, dass wir aus Rangun zum Einkaufen hergekommen waren. Der Binnenhafen Moulmein ist für viele Attraktionen bekannt, Einkaufsmöglichkeiten gehören allerdings definitiv nicht dazu – ein Detail, das uns aus irgendeinem Grund nie aufgefallen war.

Wir hielten vor etwas, das aussah wie eine Polizeistation, obwohl man in der Finsternis schwerlich etwas erkennen konnte. Kaum hatten sie uns hineingeführt, begannen zwei der drei Männer, die uns aufgegriffen hatten, eilig herumzulaufen und alle Fenster und Türen zu verschließen. Dann wurden wir in verschiedene Zimmer gebracht, um zu warten.

Allein gelassen in dem kahlen, nur spärlich beleuchteten Büro, in dem man mich eingeschlossen hatte, schaute ich hoch an die Decke und erstarrte. Dunkelbraune Flecken, die durch den Fußboden gesickert waren – was konnten sie anderes sein, als das Blut aus einer Folterkammer im Obergeschoss? Das war zu viel. Ich würde sofort aufgeben und ihnen alles sagen müssen, was sie wissen wollten. Ich musste jeglicher Probe meiner Tapferkeit zuvorkommen, denn mit großer Sicherheit würde ich keine Probe dieser Art bestehen.

Stunden später wurde ich in ein Büro im ersten Stock gebracht, in dem eine untersetzte Männergestalt reglos hinter einem Schreibtisch saß. Ich war gezwungen, direkt vor ihm zu stehen und zu warten. Ich hatte keine Ahnung, was ich tun oder sagen sollte.

»Ihr Name?«, fragte er schließlich.

»Fräulein Braun.«

»Fräulein Braun, ja?« Der Mann langte über seinen Schreibtisch und schaltete eine Lampe an. Ein Gesicht leuchtete auf, breit und grob, auf merkwürdige Art jedoch nicht furchteinflößend. In seiner khakifarbenen Uniform sah er aus wie eine Zeichentrick-Kröte, die einen Zeichentrick-Soldaten nachahmte.

»Und was bringt Sie hierher nach Moulmein, Fräulein Braun?«

»Einkaufen«, sagte ich und wurde mir plötzlich bewusst, wie idiotisch das klang. »Ich bin hergekommen, um ein paar Dinge einzukaufen.«

Der Beamte schaute nach unten und bewegte den oberen Teil seiner Schreibtischlampe, als wäre er peinlich berührt. »Sie lügen«, erwiderte er.

»Das stimmt«, gab ich zu. »Ich heiße Wendy Law-Yone und habe versucht zu fliehen.«

Nein, ich kann keiner Form von Folter, sei sie nun physischer oder psychischer Art, standhalten, so viel ist sicher. Eine Woche ist vergangen, seit sie uns mit dem Zug zurück nach Rangun und direkt ins Gefängnis gebracht haben. Mit jedem Tag, der vergeht, bin ich noch mehr von meiner Schwäche und Feigheit überzeugt. Letzte Woche erklärte ich Närrin dem Wärter beim Frühstück, ich sei in einen Hungerstreik getreten. Doch schon zum Mittagessen war mein Hunger so groß, dass ich aufgab. Gilt ein dreistündiges Fasten als Hungerstreik, fragte ich mich mehr als gedemütigt, als ich aufgab und mein überraschend köstliches Gefängnisessen verschlang.

Nun frage ich mich, was wohl passieren würde, wenn ich ihr elendes Formular einfach unterschriebe. Wäre es nicht denkbar, dass sie mich wirklich freiließen? Doch dass etwas so Einfaches – ein Stück Papier, auf dem das Versprechen steht, Spitzeldienste zu leisten – alles sein soll, was nötig ist, um die Freiheit zu erkaufen, scheint mir keine wirkliche Option zu sein. Für meinen Vater zumindest ist es keine Option gewesen. Er sitzt noch immer irgendwo hinter Gittern – vielleicht eben hier in diesem Gebäude, was weiß ich.

Da kommt mir wie aus heiterem Himmel eine Idee. Ich werde überhaupt keine Formulare unterschreiben, erkläre ich dem Offizier, aber ich werde einen haarkleinen Bericht über eine Party in der amerikanischen Botschaft schreiben, auf der ich gewesen war und die für ihn von besonderem Interesse zu sein scheint.

Der Offizier richtet sich auf. Einen ganz *detaillierten* Bericht?

Alles, ganz *detailliert*, versichere ich ihm.

Ein Stapel linierter Blätter und ein Kugelschreiber werden vor mir hingelegt.

Endlich einmal mangelt es mir nicht an Inspiration. Ich beginne einfach mit dem ersten Wortwechsel, an den ich mich erinnere: dem Namen der Person, die mich an der Tür begrüßte, gefolgt von einem Doppelpunkt. Dann: »Wendy! Wie schön, Sie zu sehen!« Auf die nächste Zeile schreibe ich meine Initialen, WLY, wieder gefolgt von einem Doppelpunkt: »Ganz meinerseits!« Plötzlich beginnt sich das, was ich schreibe, wie das Manuskript eines Theaterstücks anzufühlen. Nicht, dass ich viele Stücke gelesen hätte: Shakespeares *Was ihr wollt* und *Wie es euch gefällt*, Teile von Goethes *Faust*, Wolfgang Borcherts *Draußen vor der Tür* und Dürrenmatts *Der Besuch der alten Dame* sind in etwa mein Repertoire an gelesenen Stücken. Doch allein, dass es sich anfühlt wie die *Vorlage* zu einem Stück, spornt mich an.

Es gibt nicht ein einziges belastendes oder kompromittierendes Detail über irgendjemanden oder irgendein Gespräch an dem ganzen Abend, und so schreibe ich schnell und offenherzig, fast ohne nachzudenken. Um es besonders glaubhaft zu machen, schreibe ich die Gespräche in ihren Originalsprachen auf: auf Englisch, Burmesisch, Deutsch und sogar Französisch, einer Sprache, die ich gar nicht spreche, aber das tun diejenigen, die mich verhören, ja auch nicht.

Ich schreibe und schreibe, erinnere mich an jede banale Kleinigkeit des Smalltalks. Ich fülle ganze Seiten mit plausiblen, aber in der Regel völlig sinnfreien Dialogen. Ich werde getragen von einer eigentümlichen Freude, der Freude der Selbstvergessenheit, wie wenn man Klavier spielt und zum Ende eines Stücks kommt, ohne zu wissen, wie man dorthin gelangt ist. Die Wörter fließen. Ich denke sie mir nicht aus, beziehungsweise was ich mir ausdenke, ist die Wahrheit ...

Plötzlich unterbricht mich der vorgesetzte Offizier. Er langt über den Tisch, nimmt mir die Blätter weg und beginnt zu lesen. Einige Seiten später hört er auf, blättert weiter bis zum Ende und starrt mich lange ausdruckslos an, auf eine Weise, die mich verzagen lässt. Das Schweigen ist fast unerträglich, und so platze ich mit derselben alten Frage heraus: Wann werde ich freigelassen?

»Wie kommen Sie auf die Idee«, erwidert er mit einem gefälligen Lächeln, »dass Sie jemals wieder freigelassen werden?«

Das ist, wie sich herausstellen wird, ein sadistischer Bluff. Am nächsten Tag wird meinem Bruder und mir mitgeteilt, dass wir nach Hause gehen können.

Es werden Jahre vergehen, bevor ich erfahre, was zu unserer Freilassung geführt hat. Der Befehl kam von »ganz oben« – vom Staatschef, General Ne Win höchstpersönlich. Derselbe Mann, der unseren Vater Jahr um Jahr gefangen hält, hat anscheinend beschlossen, dass es ungerechtfertigt ist, dessen Sohn und Tochter einzusperren.

Es dauert nicht ganz so lange festzustellen, dass der Ort, an dem mein Bruder und ich insgesamt zehn Tage lang festgehalten wurden – seit unserer Rückkehr aus Moulmein – kein Gefängnis im engeren Sinne war, sondern die Zentrale des MIS. Hergebracht wurden wir mit verbundenen Augen, erstaunlicherweise dürfen wir das Gebäude nun mit offenen Augen verlassen.

Zwei Wochen später, als mein Schicksal eine noch glücklichere Wendung nimmt, werde ich an Bord eines Flugzeugs nach Thailand gebracht. Mit einem wertvollen Personaldokument (einem Pass für Staatenlose) in der Hand, mache ich mich, im Alter von zwanzig Jahren, auf den Weg in die Freiheit.

~

»Ich gehe nach Amerika«, sagt Swidrigailow, bevor er sich in Dostojewskis *Schuld und Sühne* erschießt. Es leuchtete mir vollkommen ein, in Amerika nicht nur ein Sinnbild für ein neues Leben, sondern auch für das Leben nach dem Tod zu sehen. Aufgrund zerplatzter Träume und fortgesetzter Fantastereien, da bestand kein Zweifel, hatte Amerika in meiner Fantasie mythische Qualitäten angenommen. Was Amerika versprach, war Erneuerung, eine Art Wiedergeburt.

Und in der Tat, kaum hatte ich Amerika erreicht, sandten mir die *himmlischen Mächte** aus Goethes Gedicht ein Zeichen, jene Mächte, die über die Armen dieser Erde und ihr von Tränen gesalzenes Brot wachten. Es war ein Zeichen, dass die Vergangenheit wahrhaftig vorbei, dass meine *tabula* jetzt wieder *rasa* war, ein unbeschriebenes Blatt für ein neues Leben – mein Leben nach dem Tod – in Amerika.

In New York City angekommen, bewohnte ich ein Apartment auf der Upper West Side. Als ich eines Nachmittags nach Hause kam, bemerkte ich, dass die *Pan Am*-Tasche, die ich an einem Türknauf hatte hängen lassen, nicht mehr da war. Jemand war in die Wohnung eingebrochen, hatte den Schwarzweiß-Fernseher mitgenommen und außerdem meine Flugtasche.

Leider waren in dieser Tasche meine wertvollsten – oder zumindest unersetzlichen – Besitztümer: ein Stapel Familienfotos, einige Schmuckstücke, die meine Mutter mir als Notgroschen mitgegeben hatte, und die Manuskripte von einem halben Dutzend Gedichten, die ich auf Deutsch geschrieben hatte.

Der anfängliche Schock wegen des Diebstahls wich jedoch schon bald einem Gefühl des Einverständnisses. Ich beschloss, in dem Verlust ein gutes Omen zu sehen, das symbolische Abwerfen des Ballasts der Vergangenheit – vielleicht so etwas wie einen existentiellen Test der Standhaftigkeit. Selbst der Verlust der Gedichte hatte etwas Begrüßenswertes. Er markierte einen vollständigen Bruch mit meiner deutschen Vergangenheit, obgleich die Verse meiner Vorbilder – Goethe, Rilke, Hölderlin, Heine und andere – in mein Gedächtnis eingeschrieben waren und mir wie altbekannte Refrains im Kopf herumgingen. Aber wie anders klangen diese Gedichte jetzt, wo ich nicht mehr versuchte, ihre Bedeutung zu erkunden. Ein bestimmtes Gedicht von Gottfried Benn, früher eines meiner Lieblingsgedichte, schien besonders *gealtert* zu sein.[8]

> Verlorenes Ich, zersprengt von Stratosphären,
> Opfer des Ion –: Gamma-Strahlen-Lamm –,
> Teilchen und Feld –: Unendlichkeitschimären
> auf deinem grauen Stein von Notre-Dame.*

Wie sehr liebte ich diese abstruse Wissenschaftssprache, durch die ich mich so schlau fühlte, obwohl ich kein Wort verstand. Was mich jedoch mit dem Gedicht verband, war sein Titel: *Verlorenes Ich.* Ich hatte ihn nie als ›Verlorenes Selbst‹ verstanden, sondern als ›Verlorenes Ich‹ (wie in ›Armes Verlorenes Ich‹: ›Poor Lost Me‹). Doch jetzt in Amerika, wo ich Amerikanisch dachte, sprach und schrieb, war das Arme Verlorene Ich ein in weite Ferne entrücktes Wesen der Vergangenheit. Jetzt, wo die Zukunft, von der ich immer geträumt hatte, endlich begonnen hatte, war es Zeit, den nächsten Schritt zu tun, *to get real*, also aufzuwachen, wie man in Amerika sagt.

8 Gottfried Benn, »Verlorenes Ich«, in: *Deutsche Gedichte von 1900 bis zur Gegenwart,* herausgegeben von Fritz Pratz, Frankfurt: S. Fischer 1979, S. 186.

»Du schreibst jetzt viel besser«, sagte meine Schwester, als sie auf einen meiner Briefe antwortete, »es ist nicht mehr so ›germanisch‹.« Und was bitte war eine germanische Art zu schreiben? »So, als würdest du in der Nase bohren und den Inhalt genau betrachten«, erklärte meine Schwester.

Vielleicht hatte sich mein Briefstil verändert, aber ich war noch immer empfänglich für die sirenenhaften Lieder der deutschen Literatur, den großartigen Dichtern und Romanciers immer noch hörig, die ich gelesen und damals in Burma häufig vielleicht missverstanden hatte. Unerklärlicherweise war Kafka nicht Teil dieses Pantheons. Doch als ich schließlich seine Werke entdeckte, war ich verblüfft, in ihnen Wahrheiten über mein Heimatland zu finden. Wie war es Kafka nur gelungen, so präzise den Albtraum zu beschreiben, der sich über ein Land wie Burma gelegt hatte, in dem Menschen vergeblich darum kämpften, sich von unerklärten Rechtsverletzungen reinzuwaschen, unter Gesetzen, die für immer undurchsichtig bleiben werden? Parabeln wie *Vor dem Gesetz* oder *Eine kaiserliche Botschaft* schienen mir durch und durch *burmesische* Parabeln zu sein. Überdies war es Kafka, der mich mit einer der eindringlichsten Aussagen zur Literatur beeinflusste:

»Wir brauchen aber die Bücher, die auf uns wirken wie ein Unglück, das uns sehr schmerzt, wie der Tod eines, den wir lieber hatten als uns, wie wenn wir in Wälder verstoßen würden, von allen Menschen weg, wie ein Selbstmord, ein Buch muß die Axt sein für das gefrorene Meer in uns. Das glaube ich.«[9]

9 Brief an Oskar Pollak, 27. Januar 1904, in: Franz Kafka, *Briefe 1902–1924*, Frankfurt: S. Fischer 1998, S. 27–28.

»Eine Axt für das gefrorene Meer in uns«. Das war mal eine Lebensmaxime. Eine ganze Weile bewertete ich jedes neue Buch, das ich las, danach, ob es sich dieser Sisyphusaufgabe aus meiner Sicht erfolglos oder erfolgreich stellte. Als ich dann selbst begann, Bücher zu schreiben, verstand ich, was für eine fast unmögliche Aufgabe es war, mit der schwachen Axt eines Buches irgendein gefrorenes Meer aufzubrechen, geschweige denn jenes in uns. »Ein Feldzug ins Sprachlose mit schäbigem Rüstzeug«[10], wie T. S. Eliot es nannte.

Auf lange Sicht erwiesen sich die gescheiterten Versuche jedoch als interessanter für mich als die erfolgreichen. Das Scheitern war der menschliche Zustand, den ich mit meinem Schreiben erforschen wollte, und es war die deutsche Literatur, in der ich Anregung fand. Meine Lieblingskenner des Scheiterns waren: Walter Benjamin, Robert Walser, W. G. Sebald, Thomas Bernhard und – aus Gründen, zu denen ich noch kommen werde – Friedrich Dürrenmatt.

Mein erster Roman, *The Coffin Tree*, erschien 1983. Als ich am zweiten Roman arbeitete, war das Thema des Scheiterns aus politischen wie familiären Gründen in meinen Gedanken allgegenwärtig. Zehn Jahre waren seit dem Tod meines Vaters im Jahr 1980 vergangen, doch sein Leben – ebenso komplex wie schillernd – warf noch immer lange Schatten über uns, seine Familie. Weitere zwanzig Jahre sollten vergehen, bevor ich mich der Herausforderung gewachsen fühlte, über sein Leben zu schreiben. Das Ergebnis, *Golden Parasol: A Daughter's Memoir of Burma*, wurde 2014 veröffentlicht.

10 T. S. Eliot, »Four Quartets«, in: ders., *Complete Poems and Plays*, London: Faber & Faber 2004, S. 182; »Vier Quartette«, übersetzt von Dolf Sternberger, in: *Englische und Amerikanische Dichtung*, Band 3, herausgegeben von Klaus Reichert, München: C. H. Beck 2000, S. 225.

Damals in den 1980er Jahren, in der Zeit nach dem Tod meines Vaters, beschäftigten mich vor allem die Wendungen und Rückschläge gegen Ende seines Lebens. Nach seiner Freilassung aus dem Gefängnis (zwei Jahre in Einzelhaft, fünf Jahre insgesamt), nach dem Verlust der Zeitung, die er gegründet hatte, und nachdem er das Land unter dem Vorwand verlassen hatte, er wolle sich in England zur Ruhe setzen, begann er, eine Revolution zu organisieren. In Thailand gründete er eine Exilregierung, um das burmesische Militärregime zu stürzen.

Es war ein quijoteskes Unterfangen, aus einer Vielzahl von Gründen zum Scheitern verurteilt, und es endete für meinen Vater mit dauerhaftem Exil in Amerika.

»Was das Exil so unheilvoll macht«, sagt der Autor André Aciman, »ist nicht so sehr die Tatsache, fort zu sein, sondern vielmehr die Unmöglichkeit, jemals *nicht* fort zu sein – nicht einfach abwesend zu sein, sondern diese Abwesenheit nie heilen zu können.«[11]

Die letzten Jahre meines Vaters in Amerika waren von gesundheitlichen, finanziellen und persönlichen Problemen überschattet. Ich vermute allerdings, keine Strafe war so schlimm für ihn wie die Unfähigkeit, jemals wirklich von seiner Heimat *abwesend* zu sein, seine Abwesenheit zu *heilen*.

Abgesehen von seiner Angewohnheit, die Sonntagsmesse zu verpassen, weil er zu Pferderennen fuhr, war mein Vater, soweit ich mich erinnern kann, immer ein bekennender Katholik gewesen. Er lebte überwiegend nach den Grundsätzen seines geschätzten christlichen

11 André Aciman, »Forward: Permanent Transients«, in: ders. (Hg.), *Letters of Transit: Reflexions on Exile, Identity, Language, and Loss*, New York: The New Press 1999, S. 10.

Glaubens. Sein christlicher Geist wurde jedoch von einigen unschönen Eigenschaften untergraben. Er war schrecklich aufbrausend, sehr kompetitiv und hatte vor allem ein außerordentlich gutes Gedächtnis, was das Vergeben und Vergessen, zum Beispiel, höchst unwahrscheinlich machte. Zumindest schien mir das so.

Vergeben und Vergessen. Eine interessante Paarung, ganz sicher, denn keines von beiden kann man durch einen Akt der Willenskraft erreichen. Für beides braucht man, wie der Philosoph Avishai Margalit ausführte, eine allmähliche Verschiebung des geistigen Zustandes – nicht unähnlich dem lang andauernden Prozess, wenn man sich das Rauchen abgewöhnt. »Es stimmt, man kann von heute auf morgen mit dem Rauchen aufhören. Aber die Lust aufs Rauchen verschwindet auf diese Weise nicht. Diese Lust kann nur langsam umgewandelt werden.«[12]

Bei Bedarf etwas zu vergessen, ist mit anderen Worten genauso schwer, wie sich bei Bedarf an etwas zu erinnern. Und wenn die Vergebung an das Vergessen gekoppelt ist, kann ein Mann, der nicht vergessen kann, dann auch nicht vergeben?

Dies waren einige der Fragen, die mich in den Jahren nach dem Tod meines Vaters beschäftigten, während ich meinen zweiten Roman, *Irrawaddy Tango*, schrieb.

~

12 Avishai Margalit, *The Ethics of Memory*, Cambridge (USA): Harvard University Press 2004, S. 205.

Ich kann sie so klar vor mir sehen, selbst mit dem Abstand von fünfzig Jahren: Dürrenmatts alte Dame, Claire Zachanassian, die wie eine Furie über Tango schwebt, der Titelheldin meines Romans.

Ich habe Claire nie vergessen, obwohl ich sie erst kürzlich zum ersten Mal auf der Bühne sah. Sie stand mir immer vor Augen, wie sie quicklebendig ihre Prothesen schwang. »Klara, ist denn überhaupt alles Prothese an dir!«, fragt Ill, ihr früherer Geliebter, entsetzt. »Fast«, erwidert Claire. »Von einem Flugzeugabsturz in Afghanistan. Kroch als einzige aus den Trümmern. Bin nicht umzubringen.«[13]

Aber worin genau besteht die Verbindung zwischen Tango und Claire, könnte man fragen. Um diese Frage zu beantworten, ist der Klappentext auf meiner Ausgabe von 1994 vielleicht hilfreich.

> Irrawaddy Tango, eine scharfzüngige, Tango tanzende asiatische Schönheit, verlässt ihre dörfliche Kindheit, sie wird zur Ehefrau des Diktators ihres Landes und später zur Anführerin der Rebellen, die gegen ihn kämpfen. Tango erregt die Aufmerksamkeit eines ehrgeizigen Obersts – des selbsternannten *Führers* –, als sie bei einem Talentwettbewerb tanzt. Einmal verheiratet, muss sie die Grausamkeiten eines rücksichtslosen und törichten Ehemanns ertragen, wird von den Rebellen entführt, zurückgewonnen, brutal von den Militärs ihres Mannes bestraft und schließlich nach Amerika ins Exil geschickt. Ihre Rückkehr in die fiktive Republik Daya ...

Ohne das Ende zu verraten, kann ich sagen, dass Tango erst bei ihrer Rückkehr in ihre Heimat, nach einem Vierteljahrhundert im Exil, erkennbar zu einer Nachfahrin von Claire wird. Doch abgesehen

13 Dürrenmatt, *Der Besuch der alten Dame*, in: *Die Stücke*, S. 604.

von körperlichen oder moralischen Ähnlichkeiten besteht die wirkliche Essenz ihrer Gemeinsamkeit, das verbindende Element, in ihrer unmittelbaren Erfahrung von Rache.

Es ist eine alte Geschichte, eine der ältesten der Welt. Das Trugbild einer rachsüchtigen Furie taucht schon in unseren ältesten Mythologien auf. Im Gilgamesch-Epos, dessen früheste Versionen ins Jahr 2100 v. Chr. zurückreichen, erscheint die Göttin Ischtar anfänglich als Verführerin, die sich in Gilgamesch, den Krieger-König, verliebt und ihm Überfluss und Verzückung verspricht.

> Einen Wagen will ich dir anspannen lassen aus Lapislazuli und aus Gold,
> dessen Räder golden und dessen Hörner aus Elektron sind!
> Dir seien die »Sturm-Löwen« angeschirrt, die großen Maultiere! –
> Tritt ein in unser Haus im Wohlgeruch der Zeder! ...
>
> Drillinge sollen deine Zicken, Zwillinge deine Mutterschaft werfen!
> Dein Eselsfohlen soll noch unter Lasten das Maultier überholen!
> Was deine Pferde vor dem Wagen anbetrifft, sei voller Stolz ihr Traben!
> Deinem Rinde unterm Joch soll kein zweites gleichkommen können![14]

Von dieser überreizten Liebeserklärung erschreckt (seine Leidenschaft gilt einzig Enkidu, seiner treuen Seelenverwandten), weist Gilgamesch die Verführerin mit Anschuldigungen voller Niedertracht und Grausamkeit zurück.

14 *Das Gilgamesch-Epos*, übersetzt von Stefan M. Maul, München: C. H. Beck, 2005, S. 92.

Du liebtest den bunten Wiedehopf,
doch schlugst du ihn, so daß du seine Flügel zerbrachst.
(Jetzt) hockt er in den Wäldern und schreit: »kappi«
(das heißt: »O, mein Flügel«)! ...
Du liebtest Ischullanu, den Gärtner deines Vaters,
der beständig dir den Dattelkorb entgegenstreckte, ...
Du aber hörtest diese seiner Rede.
Du schlugst ihn. Du hast ihn in eine Kröte verwandelt.[15]

Voller Zorn geht Ischtar zu ihrem Vater Anu und bittet ihn um Hilfe. Anu erwidert, nicht sehr klug, indem er sie fragt, ob die Göttin nicht selbst Schuld an den Beschimpfungen trage. »Ach, warst nicht du es, die mit König Gilgamesch Streit anfing?«[16]

»Mein Vater, gib mir doch den Himmelsstier«, faucht Ischtar. »Niederwalzen werde ich die unteren Gefilde, ich werde die Toten heraufsteigen lassen, dass sie die Lebenden fressen.«[17]

Doch es zeigt sich, dass der starke Himmelsstier Gilgamesch und Enkidu nicht gewachsen ist. Nachdem sie das Tier geschlachtet haben, heben sie sein großes Herz in die Höhe und tragen damit ihren Sieg vor der am Boden zerstörten Göttin zur Schau.

Ischtars letzte Rache besteht darin, Enkidu mit einer langen und schmerzhaften Krankheit zu schlagen, die tödlich endet. Gilgamesch sieht den Untergang seiner geliebten Freundin mit an, schwört, niemals zu sterben, und macht sich auf seine epische Suche nach dem Geheimnis der Unsterblichkeit.

15 ebd., S. 93.
16 ebd., S. 95.
17 ebd., S. 95.

Ischtar, die Urmutter aller weiblichen Rachsüchtigen, hilft sich selbst, wie es so schön heißt. Sie rächt sich. Auf Rache zu sinnen, damit eine Schuld beglichen wird, eine offene Rechnung, um so Gerechtigkeit wiederherzustellen, ist ein Urinstinkt, den wir alle kennen, selbst wenn wir moralisch dagegen sein müssen. Doch das menschliche Sinnen auf Rache sitzt so tief, dass es sogar einen Geschmack hat. Man ist sich einig darüber, dass sie süß ist. Aber ist sie das wirklich?

»Wer wäre nicht 1940 bei dem Gedanken, SS-Offiziere mit Füßen getreten und erniedrigt zu sehen, vor Freude in die Luft gesprungen?«, schrieb George Orwell. »Doch wenn dieses Handeln möglich wird, erscheint es einem nur noch pathetisch und widerlich.«[18] Orwell schrieb über seinen Besuch eines Kriegsgefangenenlagers in Süddeutschland, wo er und andere Kriegsberichterstatter von einem jungen Wiener Juden herumgeführt wurden, der in die US-amerikanische Armee eingetreten war.

In einem Hangar, in dem eine Gruppe hochrangiger SS-Offiziere zum Verhör gefangen gehalten wurde, überkam den jüdischen Dolmetscher eine solche Wut, dass er wütend auf den Klumpfuß eines früheren Nazigenerals eintrat.

Mit dem unnachgiebigen Blick auf die erbärmliche Szene, der ihm eigen ist, berichtete Orwell:

> Abgesehen von dem armseligen, ausgehungerten, unrasierten Anblick, den ein kürzlich gefangen genommener Mann in der Regel bietet, war er ein widerliches Exemplar. Aber er sah überhaupt

18 George Orwell, »Revenge is Sour«, in: *Collected Essays, Journalism, and Letters of George Orwell*, Band 4: *In Front of Your Nose. 1945–50*, herausgegeben von Sonia Orwell und Ian Angus, London: Secker & Warburg 1968, S. 3–6; George Orwell, *Rache ist sauer. Erzählungen und Essays*, aus dem Englischen von Felix Gasbarra, Zürich: Diogenes 2000, S. 74.

> nicht brutal oder Angst einflößend aus: nur neurotisch und, auf eine niedere Art, intellektuell. Seine blassen, unruhigen Augen wurden von starken Brillengläsern entstellt. Er hätte ein Priester sein können, den man seines Amtes enthoben hatte, ein vom Alkohol ruinierter Schauspieler oder ein spiritistisches Medium ... Ganz offensichtlich war er psychisch krank – man musste sehr an seiner Zurechnungsfähigkeit zweifeln. (...) Diese Szene führte mir, ebenso wie vieles andere, was ich in Deutschland gesehen hatte, jedoch klar vor Augen, dass das ganze Konzept von Rache und Strafe ein kindischer Tagtraum ist. In Wahrheit gibt es so etwas wie Rache nicht. Rache ist eine Tat, die man ausführen will, wenn man machtlos ist und weil man machtlos ist. Sobald das Gefühl der Ohnmacht verschwindet, verschwindet auch die Rachsucht.

»Rache ist sauer«, so lautet der Titel von Orwells Essay. Aber ist sie das? Sauer für wen, frage ich mich. Vielleicht für den unbeteiligten Beobachter. Verfliegt die Lust, Rache zu nehmen, wirklich, wenn die Möglichkeit, Rache zu nehmen, entsteht? Ich bin da nicht so sicher.

Auch Claire ist sich nicht so sicher, was das betrifft – zumindest so, wie ich sie lese. Genauso wenig wie Tango sich sicher war, als ich sie schrieb.

Claire begleicht am Ende alte Rechnungen. Sie hilft sich selbst; sie rächt sich – und wie! Aber führt Vergeltung, selbst in einem derartigen Ausmaß, zur Erlösung? Tut sie das für Tango?

Ich werde, wie gesagt, nicht verraten, wie ihre Geschichte endet. Vorerst muss es genügen, den guten alten Herrn Dürrenmatt zu zitieren: »Eine Geschichte ist dann zu Ende gedacht, wenn sie ihre schlimmstmögliche Wendung genommen hat.«[19]

~

19 Friedrich Dürrenmatt, »21 Punkte zu den Physikern«, in: ders., *Die Stücke*, Zürich: Diogenes 2015, S. 900 (Punkt 3).

Ich hatte meine Antrittsrede damit begonnen, dass es für mich mehr als eine große Ehre sei, auf die Friedrich Dürrenmatt Gastprofessur für Weltliteratur berufen worden zu sein. Was ich mit dieser Äußerung im Sinn hatte, war mehr als nur eine überschwängliche Floskel. Die Ehre war ganz offensichtlich, doch es ging für mich um etwas, das sich am besten mit dem burmesisch-buddhistischen Konzept des *ye sek* umschreiben lässt.

Ye sek bedeutet zum einen schlicht: ›ein Tropfen Wasser‹. Auf einer metaphysischen Ebene bezieht sich das Konzept auf das Schicksal als ein Phänomen, das so unaufhaltsam wie Wasser ist, das hinter Wasser fließt. *Ye sek* ist eine Verkettung von Ursachen und Wirkungen, die bestimmte Ereignisse mit ihren vorhergehenden oder nachfolgenden Geschehnissen verbinden. Aber wo beginnt in meinem Fall dieses *ye sek*?

Ich beginne mit dem ersten Satz einer von Dürrenmatts Memoiren: »Noch einmal zu den Ursprüngen zurück.«[20] Ich werde mich, wenn Sie gestatten, der Vergangenheit mit Hilfe des Konjunktiv Perfekt zuwenden. Wäre Burma der Diktatur von Ne Win nicht zum Opfer gefallen und mein Vater nicht verhaftet worden, wäre ich nach Amerika gegangen, um Musik zu studieren, oder hätte ich zumindest, falls das nicht geklappt hätte, die Möglichkeit gehabt, an der Universität von Rangun zu studieren, hätte ich sehr wahrscheinlich niemals Deutsch gelernt. Doch was immer gewesen wäre oder hätte sein können, eines ist sicher: Es waren meine Deutschstunden, die mich zu Dürrenmatt führten, es ist Dürrenmatt, dem ich meinen zweiten Roman verdanke, und er war es auch, zu dem ich für meinen

20 Friedrich Dürrenmatt, *Gesammelte Werke in sieben Bänden*, Band 6: *Stoffe I–III*, Zürich: Diogenes 1991, S. 169.

dritten Roman zurückkehrte, *The Road to Wanting*, in diesem endlosen Fluss des *ye sek*.

Im Frühjahr 2015 erhielt ich die Einladung, einen Kurs über südostasiatische Literatur an der Londoner SOAS (Schule für Orientalische und Afrikanische Studien) zu unterrichten. Als ich mir den Lehrplan anschaute – der auch *The Road to Wanting* einschloss –, sah ich mich vergeblich mit der Aufgabe konfrontiert, mein Buch unvoreingenommen zu beurteilen. Also tat ich, was ich sinnvollerweise immer tue, wenn ich auf der Suche nach Expertenwissen bin: Ich ging ins Internet.

Unter den verschiedenen Rezensionen und Kritiken zu *The Road to Wanting*, die im Netz zu finden waren, entdeckte ich das *abstract* eines Tagungsbeitrags, das mir besonders ins Auge fiel. Ich schrieb der Autorin eine E-Mail, fragte sie, ob ich vielleicht den Text ihres Aufsatzes haben könnte, und erhielt prompt Antwort. Die Autorin, Marijke Denger, war eine Doktorandin und Assistentin an der Universität Bern, und *The Road to Wanting* war zufällig einer der Texte, über die sie promovierte. Marijke schickte mir nicht nur ihren schönen Aufsatz, sondern auch eine Einladung, an der Universität Bern zu sprechen.

Und so kam ich im Frühjahr 2015 nach Bern zu einer Podiumsdiskussion über Literatur und Landstreicherei mit einem Gastwissenschaftler der Universität Bern, dem haitianischen Dichter Louis-Philippe Dalembert. Er verbrachte ein Semester auf dem Campus, als Inhaber der Friedrich Dürrenmatt Professur für Weltliteratur. Nach dem Gespräch musste Philippe sofort weg, zu seiner Frau und dem Sohn, die gerade aus Paris zu Besuch waren, so dass ich der einzige Ehrengast beim Abendessen war.

Als ich mit meinen Gastgebern einen sanften Hügel hinauf zum Rosengarten spazierte und mich, oben angekommen, umschaute und meinen Blick bewundernd über die Altstadt und das türkise Band der Aare weit unter mir schweifen ließ, ahnte ich keineswegs, was für eine Überraschung auf mich wartete. Auch später, nach einem langen, geselligen Abendessen mit Marijke, Oliver Lubrich und Virginia Richter, den Professoren am Germanistischen und Anglistischen Institut, hatte ich keine Ahnung, dass der Abend mit einer Einladung enden würde, nach Bern zurückzukehren, als Louis-Philippes Nachfolgerin, als neue Friedrich Dürrenmatt Gastprofessorin.

Doch auch ich hatte eine Überraschung in petto: mein inniges Verhältnis zu Friedrich Dürrenmatt. Ich würde allerdings auf den richtigen Moment warten, sie preiszugeben.

Jetzt, wo dies geschehen ist, würde ich gerne mit meinen einleitenden Worten schließen: »Heute Abend hier vor Ihnen zu sprechen, ist mehr als eine Ehre für mich.«

Vielen Dank.

2. Bern

Vor fast vier Monaten, als mein Semester hier begann, hielt ich etwas, das ganz großartig als Antrittsrede angekündigt war, aber eigentlich eine umwegige Vorstellung meiner selbst wurde, unter dem Titel: »Dürrenmatt and Me: A writer's passage from Burma to Berne«.

Ich entschied mich für das Wort »Passage« einzig aus dem Grund, weil es etwas weniger abgegriffen klang als »Reise« – wie etwa in »Eine Reise zur Selbsterkenntnis«. Wenn ich über meine Entwicklung als Schriftstellerin nachdenke, empfinde ich sie eher als eine Passage, mit mindestens drei verschiedenen Bedeutungen dieses Wortes.

Eine *Passage* kann Bewegung bedeuten – eine Abfolge oder eine Durchquerung – durch einen begrenzten Raum: einen Tunnel, einen Korridor, eine Gasse, einen Kanal oder eben auch einen Geisteszustand. Eine Passage kann sich aber ebenso auf ein Recht beziehen, das einem gewährt wird oder das man sich erarbeiten muss. So sprechen wir davon, dass uns ein »Passierschein« beim Überqueren einer Grenze ausgestellt wird, man auf einem Dampfer seine »Schiffspassage« abarbeitet oder ein Gesetzentwurf zum Gesetz wird, indem er verschiedene Gremien »passiert«.

Auch im Reitsport gibt es den Begriff *Passage*. Bei dieser *Passage*, die französisch ausgesprochen wird, handelt es sich um eine Bewegung im klassischen Dressurreiten, die auf einer Reitsportseite folgendermaßen beschrieben wird: »Das Pferd scheint in Zeitlupe zu traben, wodurch der Eindruck entsteht, es würde tanzen.« Eine faszinierende Analogie zum Vorgang des Schreibens, aber belassen wir es fürs Erste dabei.

Worüber ich heute Nachmittag reden möchte, ist meine eigene

Passage von Burma nach Bern, die jetzt zu Ende geht. In einigen Tagen werde ich nach Hause zurückkehren – nicht in das Zuhause meiner Kindheit in Burma, sondern nach London, meinem derzeitigen Zuhause. Und während ich meine Zeit hier zu Ende bringe, denke ich immer wieder über das Wort »Heimat« nach und über die vielen unerwarteten Arten, auf die ich mich in dieser Stadt, die ich nun bald verlassen muss, »zu Hause« gefühlt habe.

~

Am Morgen meiner Ankunft in Bern, vor fast vier Monaten, nahm mich meine neue Assistentin, Delia, mit auf einen Rundgang durch das Viertel Länggasse, wo ich von jetzt an wohnen würde. Geduldig zeigte sie mir alle wichtigen Orte, die ich kennen sollte: die Bushaltestellen, die Recyclingtonnen, die Supermärkte Migros und Coop, den Bio-Supermarkt, das Thai-Café, das sri-lankische Restaurant, die Studentencafés und -bars, die Geldautomaten und so weiter – bis wir am weitläufigen Berner *Bahnhof** ankamen. Mit Delias geschickter Hilfe konnte ich mir hier meine *Halbtax**-Fahrkarte und meine Swisscom SIM-Karte besorgen, alles in einem Bruchteil der Zeit, die ich dafür in London benötigt hätte.

Als ich alles mehr oder weniger verstanden hatte, brachte mich Delia zurück in meine Wohnung in der Hochfeldstraße. Die Wohnung gehörte Thomas, einem Professor der Uni Bern, der gerade zu einem Sabbataufenthalt in Kalifornien weilte. Thomas und ich hatten so viele E-Mails über die Belange meiner neuen Unterkunft ausgetauscht, dass mir alles in dieser Wohnung auf Anhieb vertraut schien, sogar die strahlende Spätsommersonne, die in drei der dreieinhalb Zimmer schien.

Nach einem kurzen prüfenden Blick in jedes der Zimmer, führte Delia mich hinunter in den Keller zu meiner wichtigsten Einweisung: einer Tour durch die Waschküche. Es handelte sich um einen geräumigen, sehr sauberen, hell erleuchteten Hauswirtschaftsraum, der die Waschküchen aus meinem bisherigen Leben sehr schäbig aussehen ließ, von meinen ehemaligen Vermietern vernachlässigt. Delia zeigte auf einen Schrank (der unabgeschlossen war), in dem Waschmittel und anderes Zubehör ordentlich aufbewahrt wurden, sie instruierte mich, wie die Münzapparate über den Waschmaschinen und Trocknern funktionierten, und erklärte mir, wie ich mich für bestimmte Waschtage auf dem Kalender draußen an der Tür eintragen musste.

Es folgten ein kurzes Mittagessen im geschäftigen, aber freundlichen Café »Sattler«, dann eine weitere ereignisreiche Tour, diesmal durch das Gebäude des »Unitobler«, wo sich mein Büro befand, in dem vier Kisten, die ich vorausgeschickt hatte, schon auf mich warteten. Nachdem Delia diese Kisten fast im Alleingang zuerst ins Taxi, dann in den zweiten Stock meiner Wohnung gebracht hatte und schließlich gegangen war, goss ich mir ein Glas Wein aus der Flasche ein, die Thomas so vorausschauend für mich bereitgestellt hatte. Ich erhob mein Glas und prostete meiner neuen Umgebung zu: »Endlich zu Hause«, seufzte ich.

Natürlich ist es auf einer gewissen Ebene, im städtischen Alltag, nicht sehr überraschend, dass jemand, der in London gelebt hat, sich in einer Stadt wie Bern schnell zu Hause fühlt. In Zeiten der Globalisierung, in denen alles immer enger miteinander verzahnt wird und sich Unterschiede dabei immer mehr angleichen, entsteht in den meisten kosmopolitischen Städten die Illusion sofortiger Vertrautheit, wenn nicht sogar Bequemlichkeit. Die Annehmlichkeiten des städtischen Lebens sind an bestimmten Standards ausgerichtet, was zu einer gewissen Gleichförmigkeit führt und das Eingewöhnen in einer neuen Wohnung trügerisch leicht erscheinen lässt. Waschmaschinen, Geschirrspüler, Kühlschränke, Mikrowellen, ganz zu schweigen von Laptops und den kleineren Geräten, die man in der Hand hält, funktionieren überall auf der Welt gleich. Supermärkte, Post, Geldautomaten, Recyclinghöfe, Drogeriemärkte und Friseure funktionieren alle nach einem globalen Muster. Die Reihen im Supermarkt sind nach der gleichen Abfolge eingerichtet, es gibt die gleichen Auslagen an Nahrungsmitteln, Getränken und anderen Waren. Das gleiche Knabberzeug und der gleiche Schnickschnack sind zur Verführung im letzten Moment vor den ebenso gleichen Supermarktkassen aufgebaut. Selbst die Kassiererinnen – wo es sie noch gibt – scheinen weltweit aus dem gleichen strapazierfähigen Material geschneidert zu sein – stämmig, geschwätzig, im Allgemeinen gutmütig, aber zunehmend ungeduldiger, wenn der Ladenschluss naht.

Der einzige Betrieb in Bern, der in seiner eigenen Liga spielt, ist die SBB und ihre nicht weniger zuverlässige kleine Schwester Libero. Wann immer ich Freunden in anderen Hauptstädten von der sagenhaften Pünktlichkeit und Effizienz der Schweizer Züge und Busse erzähle oder von den blitzblanken Mülleimern, die sich ordentlich unter den sogar noch blitzsaubereren Tischen in den Waggons befinden, muss ich befürchten, alle zu langweilen, weil ich so klinge, als hätte ich gerade das achte Weltwunder entdeckt, wo sie doch längst wissen, dass die SBB bereits eines der sieben ersten Weltwunder ist.

Etwas sollte ich noch erwähnen, das dazu beigetragen hat, dass ich mich so schnell heimisch in Bern fühlte. All diejenigen, die mich schon bis zum Überdruss über dieses Thema haben reden hören, seien versichert, dass ich jetzt nicht vorhabe, noch einmal über meine Verbindung zu Friedrich Dürrenmatt zu sprechen. Nein, die Verbindung, von der hier die Rede ist, reicht viel weiter zurück, bis in meine Kindheit in Burma. Es geht um eine Freundschaft, die ich damals geschlossen habe – nicht mit einem Schweizer Schriftsteller, sondern mit einem Schweizer Banker.

Der Name des Bankers war Herr Kahn – oder Gustav H. Kahn, wie es auf sein elegantes Briefpapier gedruckt war. Herr Kahn war Schweizer, lebte seit seiner Pensionierung jedoch in New York. Es geschah auf Vermittlung meiner Mutter, dass wir Brieffreunde wurden.

Mitte der 1950er Jahre hatte meine Mutter ihre erste Auslandsreise unternommen. Sie war nach San Francisco geflogen, wo meine ältere Schwester heiraten sollte. Für den Rückweg hatte sie sich das Vergnügen gegönnt, den Seeweg zu nehmen. Mein Vater war zu Hause geblieben, er hatte zu viel mit seiner Zeitung zu tun, als dass Zeit für eine lange Schiffsreise zurück nach Burma gewesen wäre. Meine Mutter buchte ihre Schiffspassage auf der Hollandia, einem Luxusliner, wie man solche großen Kreuzfahrtschiffe damals nannte.

An Bord der Hollandia amüsierte meine Mutter sich großartig. Sie tanzte Foxtrott mit Akim Tamiroff, dem russischen Hollywoodstar. Sie schloss Freundschaft mit Herrn und Frau d'Albora, »Orangenmillionären«, wie sie sie nannte. Ich stellte mir anfänglich ein glamouröses Ehepaar mit orangefarbener Haut vor. Doch die d'Alboras waren die Besitzer von Orangenplantagen in Kalifornien, und sie »schwammen im Geld«. Auch das verwirrte mich anfangs, denn ich stellte mir vor, wie sich Herr und Frau d'Albora mit ihrer orangefarbenen Haut durch Berge von Münzen und Banknoten bewegten.

Doch diese Geschichte handelt von der dritten Eroberung, die meine Mutter an Bord dieses Schiffes machte, dem höflichen Herrn Kahn. Einen »Eierkopf« nannte meine Mutter ihn. Diesen Ausdruck verstand ich sogar: er bezeichnete eine Person, deren überlegene Intelligenz sich in einem großen Gehirn zeigte. In seinem Fall schien meine Mutter die Bezeichnung »Eierkopf« allerdings wörtlich zu meinen. Herr Kahn, erzählte sie, war ein freundlicher, netter alter Herr, sehr anständig, mit einem glänzenden Kahlkopf, der die Form eines Eis hatte.

Als meine Mutter nach Rangun zurückkehrte, wurde sie mit Briefen von all den Freunden überschüttet, die sie während ihres Auslandsaufenthaltes kennengelernt hatte. Da sie sich außerstande sah, alle sofort zu beantworten, ernannte sie mich zu ihrer ›Privatsekretärin‹. Ich war damals elf oder zwölf Jahre alt, Fähigkeiten im Briefeschreiben hatten sich jedoch schon in früher Kindheit ausgebildet.

Bereits im Alter von sechs Jahren fungierte ich als Schreiberin für meine analphabetische Kinderfrau, eine lokale Schönheit. Verehrer und Bewunderer drückten ihr unablässig Liebesbriefe in die Hand. Ich las sie ihr vor und beantwortete sie für sie, folgte dabei allerdings nicht immer dem, was sie mir diktierte, sondern fügte hier etwas hinzu oder ließ dort etwas weg, je nachdem, wie ich es für richtig hielt. So begann ich positive Antworten stets mit dem Satz: »Danke für Ihren freundlichen Brief«, denn Briefe, das war mir aufgefallen, sollten immer »freundlich« sein.

Zu der Zeit, als Herr Kahn und ich Brieffreunde wurden, war ich schon eine angehende Fabulierkünstlerin. Auf seine höfliche Frage nach meinen Interessen und Hobbys schrieb ich ihm, ich würde sehr viele Bücher lesen, was nicht im Entferntesten der Wahrheit entsprach. Ich schrieb ihm, ich wäre eine Volleyballerin, obgleich

ich Volleyball erst wenige Male in der Schule gespielt hatte. Vor allem aber machte ich mich zur Balletttänzerin – was eine ziemliche Schwindelei war, denn ich hatte nie eine einzige Stunde Ballettunterricht erhalten. Ich choreographierte und tanzte zu Hause jedoch meine eigene Version von »Schwanensee«. Die einzig wahre Behauptung, die sich in meinen Briefen an Herrn Kahn fand, war, dass ich die Schule überaus langweilig fand.

Langsam gingen mir die Ideen aus, mit denen ich Herrn Kahn beeindrucken konnte, als er an meine Mutter schrieb und einen erstaunlichen Vorschlag machte. Er war bereit, meine Ausbildung in einem Schweizer Internat zu organisieren und zu bezahlen. Ob meine Eltern damit einverstanden wären?

Meine Mutter machte den Fehler, mir von diesem Angebot zu erzählen. Sie selbst hatte diesen Vorschlag, wie ich später erfuhr, zu keinem Zeitpunkt ernstgenommen. Doch bis ich in Bezug auf diese neue Fantasievorstellung eines Besseren belehrt wurde, konnte ich für den Rest des Schuljahres an nichts anderes denken als an die Freuden, die mich im Heidi-Land erwarten würden: Scheiben von leicht gebräuntem Käse, der auf einer dicken Scheibe Bauernbrot schmolz (so wie bei Heidis erster Mahlzeit in Großvaters Berghütte), weite Schneefelder im Winter, die sich im Frühling und Sommer zauberhaft in wilde, blühende Bergwiesen verwandelten, und ausgelassen herumspringende Bergziegen als Haustiere. Es war vor allem die Vorstellung von Schnee, die Chimäre des Schnees, die ich von nun an mit Geschichten von unerreichbar fernen Orten verband.

Tatsächlich war meine Bereitschaft, ganz allein mein Zuhause zu verlassen, völlig egal wohin, nichts Neues. So lange ich denken konnte, hatte das Fremde, Ferne mich fasziniert. Zugleich begriff ich, dass Zuhause und Abenteuer nicht zusammengingen und dass ich mich früher oder später würde entscheiden müssen. Als ich wirklich aus dem Haus ging, war ich bereits zwanzig Jahre alt, und ich ging – das wusste ich damals aber noch nicht – für immer. Als ich in den frühen 1970ern nach Amerika ging, um dort zu leben, erkannte ich, dass Fortgehen nicht zwingend Unabhängigkeit und Abenteuer bedeutete. Ganz im Gegenteil. Ich war nicht mehr das einsame »Verlorene Ich« aus Gottfried Benns Gedicht. Ich war vielmehr ein, und nur ein einziges, »Verlorenes Ich« in einer großen Masse verlorener Ichs, die alle in einer neuen Welt gefangen waren, mit der dieses Gedicht endet: *die Welt als Flucht.*

Später, nachdem ich als Schriftstellerin veröffentlicht worden war, sah ich in meinen Kindheitsfantasien vom Verlust der Heimat und der Familie die Vorboten des Dichterlebens. Aussagen wie die von Theodor W. Adorno, »es gehört zur Moral, nicht bei sich selber zu Hause zu sein«[21], nahm ich mir sehr zu Herzen, oder auch die von Roberto Bolaño: »Jeder Schriftsteller wird durch die bloße Tatsache, dass er sich in die Literatur hinauswagt, zum Exilanten.«[22]

Meine eigenen Sprünge jenseits eines Sicherheitsnetzes fanden keine bessere Bestätigung als im Lobgesang auf die unbestimmte Reise: »Ithaka« von Konstantinos Kavafis.[23]

21 Theodor W. Adorno, *Minima Moralia. Reflexionen aus dem beschädigten Leben*, Frankfurt: Suhrkamp 1951, S. 41.

22 Roberto Bolaño, »Exiles«, übersetzt von Natasha Wimmer, in: *The New York Review of Books,* 13. April 2011; »Exile«, in: ders., *Exil im Niemandsland. Fragmente einer Autobiografie,* übersetzt von Kristen Brandt und Heinrich von Berenberg, Berlin: Berenberg 2010, S. 14 (»weil jeder Schriftsteller durch die Tatsache, dass er sich mit Literatur beschäftigt, [...] zum Exilanten wird.«).

23 Konstantinos Kavafis, *Das Hauptwerk. Gedichte griechisch und deutsch.* Übersetzt und kommentiert von Jörg Schäfer, Heidelberg: Universitätsverlag Winter 2003, S. 116–117.

Immer behalte Ithaka in deinem Sinn.
Dort anzukommen, ist dein Ziel.
Doch keinesfalls beeil' dich auf der Reise.
Besser, dass sie viele Jahre währt;
Und erst, wenn du alt geworden, lande
auf der Insel, reich an allem,
was du unterwegs erworben hast, und
hoffe nicht, dass Ithaka dir Reichtum schenkt.

Ithaka gab dir die schöne Reise.
Ohne Ithaka wärst du nie aufgebrochen.
Anderes kann es dir nicht mehr schenken.

Und findest du es arm, Ithaka betrog dich nicht.
So weise, wie du nun geworden, mit so viel Erfahrung,
da hast du ohnehin verstanden, was die Ithakas bedeuten.

Die Ithakas. Der Plural war faszinierend. Vielleicht, dachte ich, ist jede Odyssee, jede ausgedehnte, unruhige, ereignisreiche Reise nach Ithaka in Wirklichkeit nur zu ertragen, weil sie aus einer ganzen Reihe von Ithakas am Wegesrand besteht. Wie sonst sollten wir umherziehenden Sterblichen immer weiter auf dieses Wunder der Heimkehr zusteuern?

Auch mir sind auf meiner Reise einige Ithakas begegnet – oder sollte ich sagen: auf meiner Passage –, und in jedem habe ich mich auf eine besondere Art zu Hause gefühlt. Sich an einem Ort zu Hause zu fühlen, hängt natürlich zum großen Teil davon ab, wie man *aufgenommen*, wie man *willkommen geheißen* wird.

Es war zuerst einmal Oliver, der mir die Türen öffnete, indem er mir diese Gastprofessur anbot. Und es war ebenso Oliver, der mich ganz offiziell begrüßte. Doch schon nach kürzester Zeit war ich willkommen, ich *fühlte* mich von praktisch jedem willkommen geheißen, den ich auf dem Campus kennenlernte, vor allem von den Studenten. Und ich spreche nicht nur über ›meine‹ Studenten, die ich im Seminar unterrichtete, sondern über die Studenten, die ich überall in der Schweiz kennenlernte. Diese großzügigen jungen Männer und Frauen, die mir Sehenswürdigkeiten zeigten, mich auf einen Drink einluden, die mich ihren Mitbewohnern, Freunden und Familien vorstellten. Sie haben für mich gekocht, sich Überraschungen für mich ausgedacht, mir Texte übersetzt und über meine schlechten Witze gelacht. Delia, meine wunderbare Assistentin, hat all dies getan.

Der Student, dem ich etwas Besonderes verdanke, ist Johannes. Er war es, der mich an einen Ort brachte, den ich unbedingt noch vor meiner Abreise gesehen haben wollte: der Friedhof Bremgarten. Johannes kannte den Friedhof gut, denn er hatte darüber in einer Anthologie über Bern und seine Umgebung geschrieben.[24]

Bis ich Johannes' Artikel las, hatte ich keine Ahnung, dass sich auf diesem Friedhof das Grab des berühmten Anarchisten Michail Bakunin befand. Auch Johannes hatte das Grab noch nie gesehen, daher machten wir uns gemeinsam auf die Suche.

Es war ein wunderschöner Oktobernachmittag, sonnig und klar, und während wir einen Weg nach dem anderen abschritten, vorbei an Reihen von Grabsteinen, Statuen, Kruzifixen, Sarkophagen und anderen schmuckreichen Memento Mori, erinnerte ich mich an ein Buch, an das ich schon lange nicht mehr gedacht, das ich aber mit nach Bern gebracht hatte, um es dort wieder zu lesen: Robert Pogue

24 Johannes Brunnschweiler, »850°-Perspektive«, in: *Bernbuch*, herausgegeben von Johannes Brunnschweiler, Martina Frnka, Delia Imboden, Luc Oggier und David Wagner, mit Illustrationen von Martina Frnka, Berlin: Verbrecher Verlag 2015, S. 76–79.

Harrisons *The Dominion of the Dead*. Sobald ich wieder zu Hause war, sah ich mir die Abschnitte über Heimatort und Begräbnisort an, die ich markiert hatte.

»Mensch zu sein«, schreibt Harrison, »heißt vor allem, dass man begräbt.« Es bedeutet, »dass die Menschen die Toten nicht einfach begraben, um einen Abschluss herbeizuführen und eine Trennung von ihnen zu bewirken, sondern auch und vor allem, um den Boden zu humanisieren, auf dem sie ihre Welten bauen und auf den sie ihre Geschichtsbilder gründen.«[25]

Humanitas im Lateinischen, führt Harrison aus, »kommt zuallererst einmal von *humando*, beerdigen. Ein Mensch, also *human* zu sein, bedeutet mit dem *Humus*, dem Boden, verbunden zu sein, daher gilt das Begräbnis als diejenige Einrichtung, mit der das Menschsein im eigentlichen Sinn beginnt. Als *Homo sapiens* werden wir durch unsere biologischen Eltern geboren. Der *Homo sapiens* ist eine Spezies. Die Menschlichkeit ist keine Spezies. Menschlichkeit bedeutet, sterblich zu sein und sich zu den Toten ebenso wie zu kommenden Generationen in Beziehung zu setzen.« Unser großes Unglück ist es jedoch, »dass die meisten von uns zum ersten Mal seit Jahrtausenden nicht mehr wissen, wo sie begraben sein werden, sofern wir davon ausgehen, dass wir überhaupt begraben werden. Die Wahrscheinlichkeit, dass es irgendwo an der Seite unserer Vorfahren sein wird, ist zunehmend unwahrscheinlicher.«[26]

Ich dachte an meine eigenen Vorfahren in Burma. Wenn man jemanden fragt, wo er oder sie geboren wurde, sagt man: »Wo ist dein

25 Robert Pogue Harrison, *The Dominion of the Dead*, Chicago: University of Chicago Press 2003, S. xi; *Die Herrschaft des Todes*, übersetzt von Martin Pfeiffer, München: Carl Hanser 2006, S. 12.

26 ebd., S. 31.

Nabel begraben?« Die Nabel meiner Eltern sind in Burma begraben, aber ihre Körper wurden auf einem Friedhof beigesetzt, der von den Grabstätten ihrer Vorfahren nicht weiter entfernt hätte sein können: in einem Vorort von Maryland, außerhalb von Washington, D.C.

Ich bin auf ihrem Friedhof, *The Gates of Heavenly Peace*, in meinem Leben nur dreimal gewesen: einmal zur Beerdigung meines Bruders Alban, der als erster in Amerika starb; ein Jahr später zur Beisetzung meines Vaters und das dritte Mal, um meine Mutter zu beerdigen, die jene beiden anderen um mehr als zwanzig Jahre überlebt hatte. Seitdem habe ich ihre Gräber nie wieder besucht. Die eigentlichen Gräber geliebter Angehöriger lassen mich eher kalt – gerade so wie Reger, den verrückten Kunstkritiker in Thomas Bernhards *Alte Meister*.

> Ich [gehe] an das Grab meiner Frau und ich stehe eine halbe Stunde an ihrem Grab und empfinde nichts. Das ist das Merkwürdige, daß ich die ganze Zeit mehr oder weniger nur an meine Frau denke und wenn ich an ihrem Grab stehe, empfinde ich nichts sie Betreffendes. Erst wenn ich von ihrem Grab wieder weggehe empfinde ich wieder die Fürchterlichkeit, daß sie mich alleingelassen hat.[27]

Reger fährt fort, über Friedhöfe im Allgemeinen zu schimpfen:

> Auf den Friedhöfen sehen wir ganz brutal die äußerste Geschmacklosigkeit der Menschheit. Die Steinmetze verunstalten die Friedhöfe und die sogenannten Bildenden Künstler setzen ihnen überall die Kitschkrone auf.[28]

27 Thomas Bernhard, *Alte Meister*, Frankfurt: Suhrkamp 2002, S. 264–265.
28 ebd., S. 268–269.

Nicht so in Bremgarten, zum Glück. Ruhig, ernst und vor allem geschmackvoll, erschien mir Bremgarten eher wie ein Freiluftmuseum als wie ein Friedhof, ein Skulpturengarten inmitten eines schön gestalteten Parks.

Bakunins Grab war erstaunlich schwer zu finden, wenn man bedenkt, dass es laut offiziellem Bremgarten-Handbuch eines der am häufigsten aufgesuchten Gräber ist. Nach einigem Hin und Her und viel Kopfzerbrechen fanden wir schließlich unseren Mann. Wir waren tatsächlich mehrmals an ihm vorbeigelaufen, ohne ihn zu bemerken, so *organisch* war sein Grabstein. Eine raue Stele aus rohem Granit in der Farbe und Textur von verwitterter Baumrinde; er konnte leicht mit einem alten Baumstumpf verwechselt werden – bis auf die Bronzebuchstaben, die auf seiner Vorderseite angebracht waren:

MICHEL BAKUNIN
1814–1876
RAPPELEZ-VOUS DE CELUI QUI SACRIFIA
TOUT POUR LA LIBERTÉ DE SON PAYS.

Auf dem Boden ganz in der Nähe stand eine kleine gläserne Vase mit einer einzelnen gelben Rose.

Laut Johannes besagt die Legende, dass Bakunins Verehrer bis vor kurzem eine Flasche Wodka hinter seinem Grabstein zu verstecken pflegten. Zu unserer Enttäuschung war keine da.

Etwa eine Woche danach, als ich an einem späten Nachmittag etwas Bewegung brauchte, fuhr ich wieder zum Bremgarten. Um diese Zeit war der Friedhof fast völlig verlassen, und ich ging direkt zu Bakunin, um nachzuschauen, ob seine Wodkaflasche wiederaufgetaucht war. Sie war es nicht, aber die gelbe Rose war durch eine knallrosa Blüte ersetzt worden.

In der Melancholie der Dämmerung ging mir wieder *The Dominion of the Dead* und die Verbindung zwischen Wohnhäusern und Grabstätten durch den Kopf.

Harrison weist darauf hin, dass *Sema*, das griechische Wort für *Zeichen*, zugleich das Wort für *Grab* ist, und legt damit nahe, dass das Grab wohl das allererste *Haus* der Zivilisation war. Im antiken Griechenland und Rom errichtete man das *Haus* auf den Grundmauern des Grabmals der Vorfahren und verband so für immer die Lebenden mit den Toten.

Wo befinden wir uns heute, ohne diese Verbindung, fragte ich mich. Wir, die wir in einem Zeitalter massenhafter Vertreibung und Umsiedlung leben? Welche Menschheit wird erwachsen aus so vielen verlorenen Heimstätten, so vielen verlorenen Gräbern?

Es war die Suche nach Bakunin, die zu meinen düsteren Gedanken über Sterblichkeit führte, und es war ebenfalls Bakunin, der Trost brachte. Nicht, weil ich irgendwann die Flasche Wodka gefunden hätte, sondern weil mir der Gedanke kam, dass mein Vater, ebenso wie Bakunin, ein Revolutionär war. *Rappelez-vous de celui qui sacrifia tout pour la liberté de son pays.* Wie Bakunin hatte auch er alles für die Freiheit seines Landes geopfert. Wie Bakunin war er im Exil gestorben und in fremder Erde bestattet worden, weit weg von dem Ort, an dem sein Nabel begraben war.

Ein melancholisches Ende einerseits, ebenso auch ein edles – sogar ein aufregendes, so schien es mir plötzlich. Vielleicht, ging es mir durch den Kopf, kann man die Gräber von Menschen wie Bakunin und meinem Vater auch als triumphale *Sema* betrachten, aufgepflanzt in der *terra externa* fremder Begräbnisplätze – nicht unähnlich den leuchtenden Flaggen, die Bergsteiger auf einem bis dahin noch unbezwungenen Gipfel aufpflanzen.

All dieses Reden von Sterblichkeit und Friedhöfen sollte indes nicht morbide klingen. Es sollte lediglich aufzeigen, wie ich mich in verschiedener Hinsicht nicht nur in Bern zu Hause gefühlt habe, sondern auch dazu gebracht wurde, wieder über die *Bedeutung* von Zuhause nachzudenken.

Das oben zitierte Gedicht von Kavafis liegt mir noch aus einem anderen Grund am Herzen. Einst, vor langer Zeit, hatte ich tatsächlich das echte Ithaka gesehen. Damals, im Jahr 1977, schrieb ich auf Kefalonia, einer benachbarten Insel im Ionischen Meer, an meinem ersten Roman und konnte, wenn ich früh genug aufstand, aus meinem Schlafzimmerfenster sehen, wie die Küstenlinie von Ithaka in der Ferne Gestalt annahm.

Ich werde den atemberaubenden Moment nie vergessen, als ich zum ersten Mal im Morgengrauen diese mythische Landmasse aus dem stockfinsteren Meer aufsteigen sah. Während der ganzen Zeit auf Kefalonia, schaffte ich es jedoch kein einziges Mal, nach Ithaka hinüber zu fahren.

Es würden zehn Jahre vergehen, bis ich zurückkehrte, bereit zu der lange aufgeschobenen Pilgerfahrt. Diesmal näherte ich mich der sagenumwobenen Insel vom Meer aus, in vollem Tageslicht. Schluss mit den trügerischen, verführerischen Silhouetten im Morgennebel.

Die Fähre, auf der ich mich befand, umrundete ein Kap – und das erste, was ich sah, war ein kleiner Hafen, wie aus einem Bilderbuch ... und hoch über ihm flatterte ein riesiges Banner im Wind, auf dem stand: JEDER BÜRGER IST EIN BÜRGER ITHAKAS.

Natürlich ist weder jeder Bürger ein Bürger Berns, noch ist Bern das Ithaka jedes Bürgers. Doch ich hoffe, es ist mir gelungen, Ihnen einige der Arten und Weisen zu zeigen, auf die Bern *mein* Ithaka wurde. Um mit Kavafis zu sprechen: Die Reise war lang, aber hier anzukommen, das spüre ich, war meine Bestimmung.

In Bezug auf die *Bedeutung* von Ithaka, kann ich nicht sagen, dass ich heute auch nur ein wenig mehr darüber weiß als über die Bedeutung von Heimat. Und was bedeutet Heimat schon. Ist es nicht einfach ein Wort, das jeder von uns mit Sinn füllen muss – oder es auf jeden Fall versuchen sollte? *Heimat kann ein Wort sein / wenn du es verstehst**, schreibt die Dichterin Ariane Huml.[29]

Jetzt, wo mein wunderbarer, einmaliger Aufenthalt hier zu Ende geht, glaube ich, dieses Wort hat etwas zu tun mit meiner Zeit in Bern, mit meinem eigenen Ithaka.

Ihnen allen vielen Dank.

29 Ariane Huml, »Eine Heimat haben«, unveröffentlichtes Gedicht.

Dürrenmatt and Me

A Passage from Burma to Berne

Wendy Law-Yone

It was my official debut, and I was running late. Oliver Lubrich, programme director and host for the evening, was waiting outside, on the steps of University House, an impressive Neo-Baroque mansion that stopped me in my tracks. But there was no time to dawdle. I crossed the lawn at a half-run, breathless and apologetic, to be greeted by Oliver without a word of rebuke, although he did joke, as he ushered me inside, that he had just begun to wonder who might serve as a substitute speaker ...

A blur of high-ceilinged opulence as we stepped through the front hall: gilded mouldings and cornices, painted ceilings, allegorical friezes, a marble staircase ... The lecture room was on the upper floor, and I suffered a moment's mortification to see that I had kept waiting some thirty or so guests, all sedately seated. On one wall of the elegant conference room, two images were projected side by side: one of Rangoon, the other of Berne. I had chosen the colour photograph of Rangoon. It showed a typical downtown street, with its cat's cradle of exposed electrical wires festooning the upper storeys of buildings. The image of Berne was a stock photo of the city centre: arcades of beige-green stone flying colourful flags, converging on a clock tower. Here, too, thin wires were stretched across the street: but symmetrically, almost invisibly—for cable cars.

'That I'm speaking to you this evening is more than an honour,' was the way I began, after the formal introductions.

It was already an honour, of course, for me, a writer born and raised in Burma, to be delivering an inaugural address at the University of Berne. But to be holding the post of Friedrich Dürrenmatt Guest Professor of World Literature was more, much more, than an honour. For what the selection committee in charge of my appointment didn't know, I now revealed, was that I had enjoyed a singular, even intimate, relationship with the man after whom my endowment was named. Indeed, so singular was my rapport with Herr Dürrenmatt, so *discreet*, that the great man went to his grave innocent of its existence.

A sprinkling of polite laughter from the audience. A secret sigh of relief from me. Now it remained for me only to recount, in the following hour or so, my episodic journey from Burma, my birthplace, to Berne, the canton of Friedrich Dürrenmatt, my posthumous benefactor, if such an appellation exists.

What follows, in Part 1, is an expanded version of my inaugural talk in September 2015.

Part 2 is a similar expansion of my farewell address in December 2015.

1. Burma

I was first introduced to Friedrich Dürrenmatt in my teens—at age seventeen, to be exact. I was still living at home then, home being Rangoon, Burma. In those dark days of the mid-1960s, the dawn of military dictatorship, home had become something of a dead end. This was not—or not only—a figure of speech, but the precise location of our house.

To reach 116B University Avenue, you veered off a noisy thoroughfare, onto a leafy residential lane that led to a lake. This was Inya Lake, the city's centrepiece of manicured tranquillity. Ours was the last house at the end of the road, the one fronting on the water.

But this wasn't the only dead end at which I had arrived around the time I first became acquainted with Herr Dürrenmatt.

At three o'clock one morning in March 1963, a convoy consisting of a station wagon, a military jeep, and a truckload of uniformed men armed with automatic weapons crept up the driveway encircling our house. It must have been an exceptionally quiet manoeuvre, because the only person it woke was my mother, the light sleeper in the family. She in turn woke my father, the heavy sleeper.

When my father, still groggy, went to fumble with the lock on the expanded metal gate enclosing our front porch, it was to let in a youngish Captain. 'Let's go, Uncle,' was all he said—uncle being a term of respect for men of an older generation. As my father turned to slump into a chair for a moment, rubbing his eyes and trying to wake fully to what was happening, the Captain added with chilly courtesy, 'and don't touch the telephone, please.'

A few minutes later, after my father had washed his face and got dressed, more uniformed shadows materialised to escort him down the porch steps and into the idling van. In this Volkswagen van, led by the jeep and followed by the truck with the armed men, my father was ...

Here we were truly at a loss to know what exactly had happened to him. Had he been arrested? Taken in for questioning? Or kidnapped, simply, by a rogue militia, and held for ransom?

We, his family, had no idea. Rather, whatever ideas that came to mind could be neither verified nor discounted with any certainty. All we could vouch for was that Dad's sudden disappearance had required no arrest warrant, no charges, no writs. Just a casual *let's go!* from a young man in khaki, and a less casual show of force in the attendant convoy.

A year was to pass before we were officially informed that our father had been taken into 'protective custody' by the new military government. Permission was granted for him to write home once every other week; on alternating weeks, he would be allowed receipt of one letter from home. No correspondence was to exceed one foolscap page.

Dad's first message from prison was, for me at least, oddly disappointing. He had folded the 8 × 11" sheet of paper in half, and written on each half, four pages front and back. I'd never seen so large a chunk of his handwriting before. My father's lengthier pronouncements had only ever taken shape for me in print: in the pages that rolled off the carriage of his two typewriters—the pebbled grey Smith Corona at home, the boxy black Remington at work—or in the editorial columns of his newspaper, *The Nation*. Now, after admiring his symmetrical half-print, half-cursive—childlike in its neat legibility—and puzzling over his simplistic language, there was something that didn't quite add up for me.

Those were his locutions, his words, on the page; no question. But what colourless, lifeless, *meaningless* words, giving away nothing about where and how he was living, nothing about what he was really thinking or feeling. I hadn't yet understood that his letters to us weren't for our eyes only, that they were written as much with the censors in mind, in the bland language of evasion.

But not bland enough, apparently, for officialdom. In time, we would open the envelope duly delivered on mail day to find that the censors had taken a razor blade to one offending word or another. A word like 'jail', or 'country', would be neatly incised, leaving little rectangular cut-outs in the page. Never mind that a kindergarten-age child could have filled in the blanks just from the sense of the rest of the sentence.

I was not a kindergarten-age child. I was sixteen years old, and suddenly the whole business of *words*—not just the peppy yet strangely pallid words in my father's letters from prison, but words everywhere in my line of sight—was *serious* business.

A journal lying around our house at the time, a British periodical my father subscribed to called *Encounter*, ended up in my bedroom, flashing an obscure Morse code from my bookshelf. On the cover of this issue was splashed *Mots Mots Mots.* The wonky pink-and-blue typography caught my eye even before I learned that the letters spelled *Words Words Words* in French, referring to the autobiography of a French philosopher called Jean Paul Sartre. *Les Mots* was the title of his book, a chapter of which was printed inside.

Words Words Words. They were coming at me now from every direction, charged with cryptic import. Because it was common knowledge that telephones were tapped, our phone calls became conversations in code. Repression turned us all into code-dependents: not just speakers of code but readers of code, trafficking in language that obscured rather than clarified.

The newspapers—if you could even call the two official government dailies newspapers—were filled with outright lies, or sheer nonsense of a crushingly tedious nature. Increasingly, clarity was at a premium—especially, it seemed, when it came to my future. For I had been on the verge of leaving home to study at Mills College in America when my father was arrested.

Mills was a women's college in Oakland, California, renowned for its music department. Pioneers in experimental music either taught, studied, or performed—or did all three—at Mills. America's introduction to the works of Alban Berg, Darius Milhaud, Igor Stravinsky, Béla Bartók, and Aaron Copland began at Mills. Benny Goodman played with the Budapest String Quartet, Dave Brubeck studied under Darius Milhaud, John Cage performed in a percussion music concert—all under the aegis of the Mills Music Department. Everybody who was anybody in the New Music field touched down at Mills at some point in their career. Karlheinz Stockhausen. Morton Subotnick. Luciano Berio. Dennis Russell Davies. Steve Reich.

I reel off these big names now as if I understood their significance at the time. In fact, the only names that meant anything to me back then were Benny Goodman and Dave Brubeck—and those on account of my eldest brother Hubert's passion for jazz. As for Darius Milhaud, the famous composer, it was my sister Marlaine who alerted me to the odd pronunciation of his name. Marlaine was in a position to know, having gone to Mills for a master's degree in English literature. I, on the other hand, would be going there to study music, under the likes of the great Milhaud. ('Miyo, Miyo ...' I practised under my breath, unable to fathom the strange spelling of that name.)

But weeks passed, then months, and Dad did not reappear. Another coup was not likely—not with every elected leader and his brother still behind bars. It was time, my mother insisted, to put away the big blue Samsonite suitcase that stood upright in a corner of my room, all packed, clicked shut, and ready to be locked with its own little set of duplicate keys—time to *make the best of things* and *face the music*.

As things stood, with the piano in my bedroom, it was impossible *not* to face the music. Every time I lifted the lid of the small Yamaha upright, I fell to brooding and fuming over the injustice of it all. In the end, admitting defeat by emptying the suitcase and, at the same time, ceasing to play the piano, brought a bitter kind of liberation. I was free now to *luxuriate* in despair, to shake my fist at the crime against humanity—my humanity.

My bedroom was at the far end of our front porch and gave the impression of being set slightly apart from the rest of the house. It was called the *anti-room*—at least that's how I heard *ante-room* when we first moved in—and was furnished only with a pull-out sofa under the window where I slept, the Yamaha against the opposite wall, and the piano stool with the stack of sheet music under its lid that served as an occasional table. In this anti-room I staged my silent, pointless protests.

My brother Alban was the only one who seemed to notice that I had stopped playing. 'Give us a tune now, come on!' he'd say, trying to coax me out of my sulk as he stretched out on my sofa bed. 'What's that piece again? The one that goes, *teet*-dee-dee, *teet*-dee-dee, *teeeee*-dee? I haven't heard you play that in a long time. The Hayden sonata, right?'

'*High*-den, not *Hay*-den,' I corrected him sullenly. 'It's a *High-den* sonata.'

'Yes, well, it's a hidin', all right.' And he cackled, as usual, at his wit.

Alban, ten years older, was my ally in aimlessness. An artist and a dreamer, my brother, however, was blessed with an ever-hopeful disposition. It was Alban, in any event, who steered me out of the twin doldrums of puberty and apathy, onto the rich shores of German literature: to the discovery of Goethe, and Hölderlin, and Heine and, yes, Friedrich Dürrenmatt.

~

In truth, it was Alban's girlfriend, Christa, who first pointed us in the right direction. Christa Jaeger. This was before Christa's father, a German engineer sent by Siemens to work on a hydroelectric project in Burma, bit off my brother's left ear.

Alban, age twenty-seven, had been sleeping with Christa, age sixteen, and one day the engineer caught them in bed, not sleeping. He reached for the curtain rod and yanked it off the window frame. Finding it too long and cumbersome for his purposes, he flung it aside in favour of the old tooth and claw. The next thing Alban knew, a chunk of his left ear had been bitten off and spat out onto the floor, not far from where Alban himself had landed, on all fours.

But before the 'Bloody German Shepherd Attack'—my brother's euphemism for the cause of his truncated ear—Christa was schooling him in basic conversational German, which he would then pass onto me. ('*Father*, did you know, is *Farty* in German? And if you want to ask how someone is, you say, *V Gates*.') Later, after I'd signed on for intensive German lessons at the Institute of Foreign Languages (but before the ear incident), Christa coached me through some early stumbling blocks. She put the finishing touches to my very first essay in German, supplying me with colloquialisms which, had I bothered to look them up, would have appeared in my dictionary—if they appeared at all—followed almost certainly by *(vulg.)*, or *(derb)*, meaning 'coarse'.

When I tried to describe to Christa the way I took to my new tongue (the German equivalent for 'like a duck to water' was the expression I sought), she finished my sentence for me with '*Wie Arsch auf Eimer*?' (Like an arse on a bucket?). *Arsch* and *Scheiss* entered frequently into Christa's speech.

The new Institute of Foreign Languages was a government initiative, so here too I should by rights have been turned away. But when Herr Dr Lechner, the programme director, heard of my predicament, he boldly undertook to bend the rules. My predicament was that as the daughter of a prominent political prisoner, I wasn't just forbidden to leave the country; I was denied entrance to university.

Dr Lechner was sympathetic. He saw no reason, he said, why I shouldn't attend his intensive language course. Unfortunately, as a 'guest' student, I wouldn't be entitled to a diploma at the end of the course, but there was no prohibition against my occupying a seat in his classroom.

On my first day at the Institute, nervous and curious in equal measure, I had no sooner taken my seat among the half-dozen other students—all male, and civil servants mostly—than in strode

Dr Lechner. This sandy-haired young man who began rocking on his heels with a distinct air of authority addressed us in German and only in German. Three hours later, when the morning session ended, he hadn't spoken a word in any other language.

Dr Lechner was reputed to be a polyglot. He spoke French, it was said, like a Frenchman, and English like an Englishman. Why then, I wondered, was he determined never to use a word of English to speed up our comprehension of German vocabulary and grammar? Why rely only on pantomime and circumlocution?

By the end of the first week, his monolingual method of teaching through mime, gesticulation, and other non-verbal theatrics began to make sense—until, that is, the arrival of the conditional tense.

Our persistent inability to differentiate between *Indikativ* and *Konjunktiv I*, leave alone *Konjunktiv II*, reduced Dr Lechner to ever more elementary definitions of the conditional until, to my even greater befuddlement, he said something like, 'It's not the way a farmer, for example, would speak.'

At first, I thought what Dr Lechner was trying to say had something to do with education—with the refinement, the precision, of language that went with education. Farmers, being less educated than, say, students of foreign languages, would naturally tend to keep their language simple. And the conditional tense—the intimation of what *could have been or might yet become* under certain circumstances but *has not in fact* come to pass; the expression of a wish, or aspiration, or command; the admission of unreliability in indirect speech that neither confirms nor refutes the reported fact—oh, the conditional tense was far from simple.

But why would a farmer have no use for the conditional, I went on to wonder. Growing up in the city, I naturally knew next to nothing about the lives of Burmese farmers in the provinces—even though our country was 70 percent agricultural, according to our geography books, and therefore presumably *overflowing* with farmers. But educated or not, weren't these farmers as familiar with the uncertain, the contingent, the conditional, as were we city folk? What could be more conditional than weather conditions, for example? Or more *iffy* than a farmer's fate, *if* his crops *were to fail*?

Perhaps Dr Lechner was speaking of *German* farmers, I thought. Who knew what *their* contingencies and uncertainties were like? Here was a level of complexity that escaped me, but I feigned comprehension. I didn't want to lose face in Dr Lechner's coolly assessing eyes. Whenever they were trained on me, I could feel myself retract like the ballpoint pen in my fidgety fingers.

What an overly precise language was *die deutsche Sprache*. And how I warmed to such exquisite precision—especially when applied to obsessions and grievances dear to my heart. Here was a lexicon of physical and emotional states that defined my own with uncanny intuition. A lexicon containing words like *Fernweh* (the longing to be somewhere far away; literally: distance-pain). *Fernweh's* diametric opposite, *Heimweh* (homesickness), was as yet unknown to me, homebound as I was against my will. But *Weh!* What a poignant little sigh of a word was *Weh*—as in *Weh mir!* (woe is me!); or in *Wehmut* (melancholy; literally: pain-courage).

The all-embracing *Angst* was another favourite of mine—until Alban's wisecracks about the *angst* in my *pangst* rather ruined the concept for me. But nothing spoke to my *Weltanschauung* (worldview) quite so precisely as the existential pain of *Weltschmerz*.

Ah, Weltschmerz! World-pain. Pain on a grand scale! The whole world was one big pain—with the blessed exception, of course, of my German classes, where sense and order and structure reigned, where effort was acknowledged and rewarded. My effort, anyway.

I soon realised that I enjoyed a natural advantage over my classmates: the capacity to endure tedium. Six hours a day, five days a week, of mind-numbing, tongue-twisting, throat-drying conjugations, declensions and conversational drills make for a special kind of tedium not even junior Burmese bureaucrats can stomach. My classmates clearly could not. In the period immediately following lunch, bodies slackened, gradually sliding along seats. Heads tipped forward inch by inch, reeled back to position with forceful jerks. The discreet gargling in the background was the sound of snores.

This siesta hour left the field clear for me. Taking zealous notes, parroting textbook dialogue, reciting rules and rhymes verbatim, I sought to impress Herr Dr Eppert, our afternoon-session teacher, until my classmates had got their second wind and rallied for the remainder of the session.

In German, the causal link between being educated (*gebildet*) and being conceited (*eingebildet*) is clear. In Burmese, the material and mystical value of education is spelled out in the saying known to every school child: 'Learning is a pot of gold no one can steal.' Fancying myself *gebildet*, I soon became *eingebildet*, well pleased with my precious pot of learning. Before long, fragments of half-digested poetry led to delusions of an even higher calling.

Wer nie sein Brot mit Tränen aß,
Wer nie die kummervollen Nächte
Auf seinem Bette weinend saß,
Der kennt euch nicht, ihr himmlischen Mächte ...

Who never ate his bread in tears,
Who never through the mournful night
Sat weeping on his bed with fears—
He knows you not, you heavenly powers.

Goethe's melancholy lines conferred on me a private nobility. Hadn't I stayed up nights munching on a midnight snack of stale bread salted with tears of self-pity? Didn't that qualify me as an aristocrat of suffering, wise to the cruel whims of the heavenly powers that be? Never mind that I knew next to nothing about Goethe, or about his novel, *Wilhelm Meisters Lehrjahre*, in which the poem occurs. Word for word, I more than understood the poem. If anything, I *overstood* it, as the Rastafarians would say.

Outside of class, I began translating German poems into English. The procedure seemed straightforward enough: You looked up each word in the big blue-and-yellow Langenscheidt dictionary, first in the German-English section. If more than one meaning was given, you went to the English-German section for crosschecking. By a process of elimination, you arrived at the definition that made the most sense. Then it was on to the next word, the next search through multiple definitions, and so on, word by word, line by line. Next you tackled the rhyme by casting about for a suitable scheme in English. Arriving at a fair equivalent meant taking a few liberties—quite a few liberties—for wasn't sound as important as sense?

In this way I approached Heinrich Heine's poem about a young girl contemplating sunset by the seashore.

Das Fräulein stand am Meere
Und seufzte lang und bang,
Es rührte sie so sehre
Der Sonnenuntergang.

How else to match the music of the original except through a bit of padding? Thus, I gave:

The young girl stood by the edge of the sea,
Sad and thoughtful she seemed to be,
The sighs were deep, the smiles were none;
For it moved her deeply, the setting sun.

Heine's poem, it is true, says nothing about the girl being sad and thoughtful. But why would anyone be standing at the edge of the sea, sighing so morosely—so *lang und bang*, in the much neater German phrase—if not out of sadness and thoughtfulness? As for the smiles being none, I did have some doubt about usage (smiles could be few, but could smiles be none?). In the end, the emphatic *none* was too good to pass up, rhyming as it did with the essential *sun*—never mind that smiles were none in the original.

'The sighs were deep, the smiles were none,' Herr Dr Eppert mused out loud. 'Ja, this ... *this* I like. The balance.' And he smacked his lips as if savouring a subtle aftertaste. Dr Eppert's English being only slightly more proficient than my German, we were one in our satisfaction.

One day I came across a curious phrase. *Diabolus in Musica.* The devil in music. What to make of such a notion? Music could be sacred: as in church, for instance. Music could be ethereal—celestial, didn't they call it? Music could also be profane—bawdy and rowdy (as in our local *pwe*, our outdoor song-and-dance theatre). But could music contain the work of the *devil*?

Diabolus in Musica, I wrote in my exercise book. It gave me the shivers. Then I wrote:

Er verbeugt sich.
Der Augensumpf
Ist eine Erinnerung
An Nichts ...

He bows
The swamp of eyes
Is reminiscent
Of nothing ...

A violinist, possessed, is giving a solo performance. I myself have never seen such a performance; have never been to a concert featuring a solo violinist. Yet this mad musician fiddling away in my mind's eye becomes ever more articulated in his frenzy, turning larger, louder, more and more fiendish ...

Only when it is over, when I have put down my pen and caught my breath, does the trick sink in: a trick performed with my eyes shut, so to speak. I have flung words at the page. Not the words of poets like Goethe or Rilke or Heine, but my own, my very own words, plucked out of thin air. There they are, in black and white. *Diabolus in Musica.* A poem—if one can call it that—in three stanzas.

'And where did you find this?' Dr Eppert demands, eyes narrowing, when I show him my handiwork. He can't believe I wrote it. I need no further praise.

Disappointingly, Dr Eppert makes no comment on the swamp of eyes being reminiscent of nothing. It seems to me on a par with the smiles being none. No matter. I am far too excited by my accidental discovery: that writing poetry is a lot easier than translating poetry.

There is always one moment in childhood, said Graham Greene, when the door opens and lets the future in. Poetry—German poetry first and foremost—was that door when it opened for me. And the future came rushing in.

~

My father, still in prison with no visible prospects of reprieve, wrote to say how pleased he was that I was acquiring 'the gift of tongues'—ironically, just as my German studies came to an end. Once again I was left stranded, with no points of light on the horizon to set my sights on. And once again it was Dr Lechner who came to the rescue, inviting me to help clean out and pack up the Goethe-Institut library, even paying me a small stipend for it. Under the mounting xenophobia of the military regime, our main centres of imported culture—the British Council, the Ford Foundation, the Alliance Française—were all given their marching orders. The West German Goethe-Institut was one of the last to pull up stakes, but now its time too had come.

A pleasing smell emanated from the Institut's orderly bookshelves: a fragrance I associated with furniture polish and foreign literature, with benign atmospheric conditions where books and papers did not reek of mildew. I found the odor of mildew deeply oppressive. It reminded me of our interminable monsoon season, with its unstoppable outbreaks of mold, and its stubborn miasma of wet clothes, wet shoes, and wet dog. Books, magazines, comics, and old newspapers meanwhile gave off their own whiff of decay.

But here, for once, was an entire room lined from floor to ceiling with books that smelled positively *aromatic*, carrying traces, it seemed to me, of cleaner, fresher, more expansive climes. Sniffing my way hungrily through the stacks that needed sorting, I came across a thin volume, an English title in a German-language section. *The Visit: A tragi-comedy*, by Friedrich Dürrenmatt.

Ah, so what we had here was a play, not a novel—and in English at that! This made for speedier reading. I read the book in one sitting, forgetful of the job I was meant to be doing: sorting books, not perusing them from cover to cover.

The Visit. Claire Zachanassian, 'the richest woman in the world', has returned with much fanfare to her hometown, Gullen, a small hamlet in Switzerland. The town is in severe economic decline, so the people are stunned by Claire's opening speech. She is prepared to donate a massive sum of money, half for the town and half to be shared among its families—on one condition: that the townspeople kill one of its citizens, the shopkeeper Alfred Ill. Ill happens to be the most popular man in town, but once upon a time it was he who impregnated Claire as a young girl, then conspired to run her out of town.

The townsfolk are aghast at Claire's proposition. Of course they will refuse such a monstrous bargain. Of course they will stand by their beloved Ill. But Claire is prepared to wait. And sure enough, little by little the people are seduced, corrupted, and finally brought to heel. Little by little they convince themselves that Ill, the man standing in the way of the great windfall promised them, must be brought to justice. In the end, the whole town comes together to execute him.

So this, then, is a tragicomedy, I'm thinking as I read: a play in which one is never sure, from line to line, whether to laugh or cry. Tragedy or comedy, what captivates me is the person of Claire Zachanassian. A garish *grande dame* with artificial limbs—a wooden leg and an ivory hand—she arrives with an entourage of two blind eunuchs, two gum-chewing gangsters, a black panther on a leash, and a seventh (or is it a ninth?) husband.

Claire is by far the most outrageous protagonist I have come across. From the moment of her first appearance, when she pulls the emergency break to bring her train to an unscheduled stop at the small station of her hometown, to the moment she takes leave of the town she has brought to its knees ('Take me to my room, Boby. Get the bags packed. We are going to Capri')[1], Claire is a force that strikes me as larger than life and, at the same time, as utterly true to life.

Is Claire Zachanassian good or evil? Pitiful or pitiless? It doesn't matter; for the moment, I don't care. I love the old woman's style, her excess, her black humour, her fully expressed malice. 'With my kind of money,' she says, 'you can afford any number of husbands, you can afford *a new world order*. The world turned me into a whore. I shall turn the world into a brothel.'[2]

I see there is an afterword to *The Visit*, provided by Dürrenmatt himself: 'The old lady is a wicked creature, and for precisely that rea-

1 Friedrich Dürrenmatt, *Der Besuch der alten Dame*, in: *Die Stücke*, Zürich: Diogenes 1998, p. 695.
2 ibid., p. 655.

son mustn't be played wicked, she has to be rendered as human as possible, not with anger but with sorrow and humour, for nothing could harm this comedy with a tragic end more than heavy seriousness.'[3]

Of course by the time I myself write anything resembling a play, I'm not trying to craft a tragicomedy on the order of *The Visit*. Neither am I heeding any of Dürrenmatt's prohibitions against heavy seriousness. I am merely recording dialogue from memory. Yet the result on the page could be mistaken for a playscript.

This I am undertaking in the feeble hope of getting myself out of jail.

~

'Why don't we just leave some paper in your room, in case you think of something?' is how the senior officer puts it.

'What sort of thing?' I ask.

'Oh, just anything you've heard from friends, foreigners, anyone you meet on the street, or even at home, that might be useful for us to know,' says Senior Officer. 'Background informations,' he adds in English.

I have told him—again and again and again—that I can think of nothing seditious, or dangerous, about *anyone* in my circle of acquaintances—foreigners included. (Foreigners—diplomats in particular—are all spies for their governments in the eyes of the MIS, the Military Intelligence Service.) Yet again and again Senior Officer plies me with the selfsame questions.

3 Written for the first edition, Zürich: Verlag der Arche 1956.

Finally, I say: 'Fine, why not leave me some paper, maybe something *will* occur to me.'

I'm at my wits' end and half crippled with fatigue. The interrogations last from nine at night to nine the next morning. The officers work in teams of three (interrogator, assistant, and recording clerk), changing shifts between two and three o'clock in the morning.

They go over the same ground, back and forth. Why did I leave Rangoon? What was I doing when they picked me up in Moulmein?

I am numb from repetition. I swear I'm telling the truth; and the truth is that I left Rangoon for Moulmein because it was the only way I knew of getting out of the country.

'All that running and hiding just to leave the country!' Senior Officer sneers. 'Why not just apply for a passport?'

Apply for a passport! If I could only count the times I've applied for a passport. For the last couple of years, I've done little else but apply for a passport. But as Senior Officer knows, no one is being allowed out of the country these days ...

'No one? Says who? Where on earth do you get such information?'

On and on it goes, this endless rote of questions, the answers to which he already has. And still he persists. What do I know of so-and-so? Is it true about such-and-such? And what about the tall German diplomat who engaged me in a long conversation at a recent cocktail party?

They are referring, I know, to a man I first thought was a *Russian*, a confusion caused by overhearing an English diplomat say about him, 'He's such a bloody *Prussian*.' The Prussian has since fallen in love with one of my best friends, but that is a piece of privileged information not worth worrying about, as my friend does not return his affections.

'The tall German? The one with the Heidelberg scar?' I ask. At last—a change of subject!

A *Heidelberg* scar? What was that?

By chance, I have recently been reading about the Heidelberg scar, so am happy to dilate on the subject. 'It's a duelling scar,' I explain, 'a mark of supreme honour among militaristic German students. The straighter the scar, the clearer the proof of courage, evidence that the victim of the sword thrust did not flinch.'

The recording officer scribbles away, taking notes as if I'm the world's authority on German military traditions. I take this as encouragement to concoct ever more gruesome details of mutilation and disfigurement in the service of Prussian honour. At one point I catch a grimace on the face of the note-taker. Not a small achievement, I cannot help thinking: making a member of the dread MIS wince.

Every time I ask about my release, I'm led to believe my chances will be a lot better if I sign a form promising to file a weekly report on the comings and goings of my friends and acquaintances, especially the foreign ones.

No, I don't think I could possibly sign such a form, I say with polite regret, as though turning down a second helping of something delicious. I try to be as respectful as possible and not give offense or push my luck. I'm only too aware that the situation could be worse, much worse. No one has laid a hand on me so far, or threatened me overtly. I must not seem contrary, as though I'm *refusing* to sign. I must appear to be *cooperative.* Cooperative but puzzled, genuinely puzzled, for what can I possibly tell Senior Officer that he doesn't already know?

I pray he'll get off the subject of the form they want me to sign. On the one hand, I don't believe that signing it will buy my release. I know this is an old trick played by captors on captives. On the other hand, it fills me with a special kind of dread to wonder how far I'll be able to go with my refusals. Not very far, I feel certain. I'll crack under the slightest pressure, no doubt about it; I'll sign whatever they ask me to, tell them whatever I think they want to know. Didn't I tell all right away, on being arrested? I doubt the others 'confessed' as readily as I did.

I wasn't the only one they arrested. I had a guide with me, a gem smuggler by trade who was supposed to lead us through the jungles, all the way to the border with Thailand. And I had my brother Alban, who decided at the last minute to accompany me. Alban is the only person I know who has ventured into this no-man's-land of malaria and ethnic minority armies. With restrictions on travel from region to region, most of us in Rangoon have been cut off from the rest of the country. But Alban has friends in the underworld who have taken him as far east as Karen country and as far west as the Arakan coast.

'I'm not letting you go without me,' my brother declared, when I confided in him my secret plans for escape. Brotherly concern aside, the truth is that he himself has long been wanting to leave the country.

On the appointed day—a week ago, almost—we boarded a train bound for the river port of Moulmein. There, bad news lay in wait: the monsoons were in full flood, a bridge had collapsed, and our guide for the second leg of our trek, from Moulmein to the Thai border, was delayed.

For three days we huddled in a safehouse belonging to relatives of our fixer, while the rain hammered down without let. True to the local custom of lavishing hospitality on any and all houseguests, even those on the lam; and thanks to our hosts' pride in living up to the renown of Moulmein cooks as the finest in the country, we were fed alarming quantities of food. On the third night, desperate for fresh air and a chance to walk off some of our sustained gluttony in captivity, we decided to risk a short walk around the block. That's when we were approached by three men in plainclothes and herded into a black car.

'Remember your alias! Remember our alibi!' the fixer whispered in my ear, in the back seat of the car. My alias was a common Burmese name: Ma Nyo (Miss Brown). Our alibi was that we had come from Rangoon to shop. Moulmein, a river port, is known for many attractions, but shopping is definitely not one of them—a detail that never occurred to us for some reason.

We pulled up in front of what looked like a police station, though in the pitch dark it was hard to tell. No sooner were we led inside than two of the three men who picked us up began rushing about, shutting and locking all windows and doors. Then we were taken into separate rooms to wait.

Alone in the bare, dimly lit office I was locked into, I looked up at the ceiling and froze. Those dark brown stains seeping through the floor above—what else could they represent but blood from the torture chamber upstairs? That did it. I would have to cave in right away, give them what they wanted, tell them all they wished to know. I would have to forestall any test of courage, because any such test I would most certainly fail.

Hours later I was led upstairs into an office, where a bulky male figure sat motionless behind a desk. Obliged to stand and wait directly in front of him, I had no idea what to do or say.

'Your name?' he said finally.

'Miss Brown.'

'Miss Brown, eh?' The man reached across his desk and turned on a table lamp. A face flared up, broad and coarse but strangely unthreatening. In his khaki uniform, he looked like a cartoon toad impersonating a cartoon soldier.

'And what brings you here to Moulmein, Miss Brown?'

'Shopping,' I said, suddenly aware of how stupid this sounded. 'I've come to do some shopping.'

The officer looked down and adjusted the head of his desk lamp, as though embarrassed. 'You're lying,' he said.

'I am,' I confessed. 'My name is Wendy Law-Yone, and I am trying to escape.'

No, I won't bear up under any kind of torture, physical or mental; that much I know. A week has gone by since they brought us back by train to Rangoon, and straight into this lockup. With every passing day, I am ever more convinced of my innate weakness and cowardice. Last week, I foolishly informed the warden at breakfast that I was on a hunger strike, but by lunch time was much too hungry to hold out. Does a fast of three hours count as a hunger strike, I mused, with more than a little mortification, as I broke down and devoured my surprisingly tasty prison fare.

I can't help wondering now what would happen if I just went ahead and signed their wretched form. Isn't it possible they might actually release me? That something so simple—a piece of paper bearing a promise to snitch—is all it takes to buy freedom doesn't seem a real option somehow. It's not an option my father has taken, at any rate. He's still behind bars somewhere—maybe right here in the same building, for all I know.

An idea comes to me out of the blue. I won't sign any forms, I tell the Colonel, but I'll provide a blow-by-blow account of an American Embassy party I attended which seems of particular interest to him.

The Colonel sits up. A *detailed* account?

Detailed, I assure him.

A sheaf of lined paper and a ballpoint pen are put in front of me.

For once I'm not lacking in inspiration. I simply start with the first exchange I remember: the name of the person who greeted me at the door, followed by a colon. Then: 'Wendy! How nice to see you!' On the next line I write my initials, WLY, followed by another colon. 'Nice to see you too.' Suddenly what I'm writing begins to look and feel like the script for a play. Not that I've read many playscripts: Shakespeare's *Twelfth Night* and *As You Like It*; snippets of Goethe's *Faust*; Wolfgang Borchert's *Draußen vor der Tür* (*The Man Outside*), and Dürrenmatt's *The Visit* are about the extent of my play-reading repertoire. But I am spurred on by the mere *template* of a play.

There isn't a single incriminating or compromising thing I can remember about any person or conversation during that entire evening, so I write fast and freely, almost without premeditation. For extra fidelity, I record conversations in their original language: in English, Burmese, German, and even French, a language I don't know, but then nor do my interrogators.

I write and write, recalling every banality of small talk. I fill page after page of perfectly plausible and typically mindless dialogue. I am buoyed by a curious kind of joy, the joy of self-forgetfulness, like playing the piano and coming to the end of a piece without realising how I got there. The words are flowing. I'm not making them up; or rather, what I'm making up is true ...

Senior Officer stops me suddenly. He reaches across the table, takes the pages from me, and starts to read. A few pages later he stops, flips through to the end, and stares at me for a long time, without expression, in a way that makes me quail. The silence is nearly unbearable, so I blurt out the same old question: When will I be released?

'What makes you think,' he says with a pleasant smile, 'that you're ever going to be released?'

This, as it turns out, is a sadistic bluff. The very next day, my brother and I are told we can go home.

Years will pass before I learn the reason we've been freed: The order has come from 'on high'—from the head of state, General Ne Win himself. The same man who sees fit to imprison our father year after year has apparently decided that imprisoning his son and daughter is unwarranted.

It doesn't take quite as long to discover that the place where my brother and I are held for a total of ten days—ever since our return from Moulmein—is not a jail as such, but the headquarters of the MIS. Blindfolded when we were first brought here, we are allowed, inexplicably, to leave the building with open eyes.

Two weeks later, in an even more astonishing reversal of fortune, I am ushered onto a plane bound for Thailand. A precious Certificate of Identity (the stateless person's passport) in hand, I am finally, at the age of twenty, on my way to freedom.

~

'I am going to America,' says Svidrigaïlov, before shooting himself in Dostoyevsky's *Crime and Punishment*. America as a trope not just for a new life, but as an afterlife, made perfect sense to me. In consequence, no doubt, of thwarted dreams and lingering fantasies, America had taken on a mythic quality in my imagination. The promise of America was the promise of renewal, a form of reincarnation.

And indeed, no sooner had I reached America than I was sent a sign from the *himmlische Mächte*, the heavenly powers of Goethe's poem—the ones presiding over the wretched of the earth and their tear-salted bread. It was a sign that the past was truly done and dusted; that my *tabula* was now *rasa*, a slate wiped clean for a new life—my afterlife—in America.

Arrived in New York City, I was staying at an apartment on the Upper West Side. One afternoon I came home to find that the Pan Am bag I had left hanging on a door knob was gone. Someone had broken into the apartment, taken away the black-and-white television set, and with it my flight bag.

This bag happened to hold my most valuable—or at least irreplaceable—belongings: a stack of family photos, some pieces of jewellery my mother had given me as a nest egg, and the manuscript of half a dozen poems I had written in German.

The initial shock of the theft was, however, quite quickly replaced by acceptance. I chose to see the loss as a good omen, a symbolic shedding of the heavy baggage of the past—an existential test of mettle, maybe. Even the loss of the poems had its salutary aspects. It signalled a complete break with my German past. Even so, embedded in my memory was the poetry of my betters—Goethe, Rilke, Hölderlin, Heine, et al—which played like old refrains in my head.

But how different they sounded now, when I stopped to examine their meaning. A particular poem of Gottfried Benn's, once one of my favourites, seemed particularly *dated.*

Verlorenes Ich, zersprengt von Stratosphären,
Opfer des Ion –: Gamma-Strahlen-Lamm –,
Teilchen und Feld –: Unendlichkeitschimären
auf deinem grauen Stein von Notre-Dame.[4]

Lost Self, shattered by the stratospheres,
Sacrifice of the ion, lamb of the gamma-rays,
Particle and field, chimeras of infinity
On those grey stones of your new Notre Dame

How I loved all that abstruse language of science, which made me feel so clever without understanding a word of it. But what bound me to the poem was the title itself *Verlorenes Ich.* I had always read it not as 'Lost Self' but as 'Lost Me' (as in, 'Poor Lost Me'). But now that I was in America, thinking, speaking, and writing in American, Poor Lost Me was a quaint creature of the past. Now that the future I had dreamed of was finally here, it was time to move on, to *get real,* as the American saying went.

'Your writing is much better,' my sister Marlaine observed in response to one of my letters to her, 'now that it's not so *Germanic.*' And what was a Germanic way of writing? 'Like picking your nose and examining its contents,' my sister explained.

My letter-writing style may have changed, but I was still attuned

4 Gottfried Benn, "Verlorenes Ich", in: *Deutsche Gedichte von 1900 bis zur Gegenwart,* edited by Fritz Pratz, Frankfurt: S. Fischer 1979, p. 186.

to the siren songs of German literature, still in thrall to the great poets and novelists I had read, or—more often than not—*mis*read back in Burma. Kafka, unaccountably, was not among that pantheon. But when at last I discovered his works I was amazed to find in them truths about my home country. How could Kafka have imagined so precisely the kind of nightmare that would descend on a country like Burma, where people struggled in vain to exonerate themselves of unspecified wrongs, under laws that forever remain inscrutable? Parables like 'Before the Law' and 'The Imperial Messenger' struck me as quintessentially *Burmese* parables.

It was Kafka, moreover, who imprinted on me one of literature's most compelling mission statements: 'We need the books that affect us like a disaster, that grieve us deeply, like the death of someone we loved more than ourselves, like being banished into forests far from everyone, like a suicide. A book must be the axe for the frozen sea inside us. This is my belief.'[5]

An axe for the frozen sea inside us. Now, *there* was a manifesto to live by. For a while I rated each new book I read by its failure or success, as I saw it, in taking on that Sisyphean task. But when I began writing my own books, I came to see how nearly impossible it was to crack open any sea of ice, let alone the one inside us, with the puny axe of a book. 'A raid on the inarticulate with shabby equipment,' as T. S. Eliot put it.[6]

In the long run, however, it was failure not success that proved more interesting to me. Failure was the human condition I sought

5 Franz Kafka, *Letters to Friends, Family and Editors*, translated by Richard and Clara Winston, New York: Schocken Books 1990, p. 16.

6 T. S. Eliot, *Complete Poems and Plays*, London: Faber & Faber 2004, p. 182.

to explore in my writing, and it was in German literature that I found inspiration; in my favourite connoisseurs of failure: Walter Benjamin, Robert Walser, W. G. Sebald, Thomas Bernhard, and—for reasons I'll come to—Friedrich Dürrenmatt.

My first novel, *The Coffin Tree*, was published in 1983. By the time the second novel was in process, failure was uppermost in my mind, for reasons both political and familial. Ten years had passed since my father's death, in 1980, but his life—complex and colourful in equal measure—still cast long shadows over us, his family. Two more decades would pass before I felt equal to the task of writing about him. The result, *Golden Parasol: A Daughter's Memoir of Burma*, was published in 2014.

But back in the 1980s, in the aftermath of my father's death, it was the reversals and setbacks toward the end of his life that preoccupied me. After his release from jail (two in solitary confinement, five in total); after the loss of the newspaper he founded; after leaving the country on the pretext of retiring in England, he went about organising a revolution. In Thailand, he set up a government-in-exile with the aim of overthrowing the Burmese military regime.

It was a quixotic enterprise, doomed to failure for a number of reasons, and ending for my father in permanent exile, in America.

'What makes exile the pernicious thing it is,' says the writer André Aciman, 'is not really the state of being away, as much as the impossibility of ever *not* being away—not just being absent, but never being able to redeem this absence.'[7]

7 André Aciman, "Forward: Permanent Transients", in: id. (ed.), *Letters of Transit: Reflections on Exile, Identity, Language, and Loss*, New York: The New Press 1999, p. 10.

My father's last years in America were beset by many medical, financial, and personal troubles. But I suspect no punishment for him was as severe as this failure to truly absent himself from his homeland, to *redeem* his absence.

Except for his habit of missing Sunday mass on account of being at the horse races, my father had been an avowed Catholic for as long as I could remember. He lived for the most part by his cherished Christian beliefs. But undermining his so-called Christian spirit were certain uncharitable instincts. He had a murderous temper, a competitive streak, and, most problematically, a preternatural memory which made forgiving and forgetting, for example, highly unlikely. Or so I imagined.

Forgiving and forgetting. A curious pairing to be sure, since neither can be achieved through an act of will; each requiring, as the philosopher Avishai Margalit points out, a gradual shift in one's mental state—not unlike the lengthy process of giving up smoking. 'True, one can indeed stop smoking just like that. But one cannot end one's desire to smoke just like that. This desire can be modified only gradually.'[8]

Forgetting on demand, in other words, is no less tricky than remembering on demand. And if forgiving is predicated on forgetting, is a man who can't forget a man who can't forgive?

These were some of the questions that worried at me in the writing of my second novel, *Irrawaddy Tango*, in the years following my father's death.

~

8 Avishai Margalit, *The Ethics of Memory*, Cambridge (USA): Harvard University Press 2004, p. 205.

I can see her so plainly now, even from this distance of fifty years: Dürrenmatt's old lady, Claire Zachanassian, hovering like a Fury over Tango, the eponymous heroine of my novel.

I have never forgotten Claire, even though it was only recently that I saw her for the first time on the stage. She's been in my mind's eye all along, alive and kicking, flaunting her prosthetic limbs. 'Clara, are you all artificial?' Ill, her old lover asks, horrified. 'Practically,' says Claire. 'My plane crashed in Afghanistan. I was the only one who crawled out of the wreckage. Even the crew died. I'm unkillable.'[9]

But how exactly are Tango and Claire related, you might ask. To answer that question, a plot summary from the dust jacket of my 1994 novel may be useful.

> Irrawaddy Tango, a pepper-tongued, tango-dancing Asian beauty, rises from a village girlhood to become the wife of her country's dictator and then a leader of the rebel forces arrayed against him. Tango captures the attention of an ambitious colonel—the self-proclaimed Supremo—while dancing at a talent contest. Once married, she is forced to endure the cruelties of a ruthless and foolish husband, is kidnapped by rebel forces, recaptured and brutally punished by her husband's military clique, and eventually exiled to America. Her return to the fictional Republic of Daya ...

Without giving away the denouement, I'll suggest only that it's in the course of her return to her homeland after a quarter of a century in exile, that my Tango emerges as a recognisable descendant of Claire's. But beyond any shared physical or moral characteristics, the real essence of their commonality, the binding element, is their direct experience of revenge.

9 Dürrenmatt, *Der Besuch der alten Dame*, p. 604.

It's an old story, one of the oldest in the world. The chimera of the vengeful Fury appears in our earliest mythologies. In the epic of *Gilgamesh*, whose early versions date back to 2100 BC, the goddess Ishtar first appears as a seductress, throwing herself at Gilgamesh, the warrior-king, with promises of rapture and bounty.

Let me harness you a chariot of lapis lazuli and gold,
Its wheels shall be gold and its horns shall be amber,
Driving lions in a team and mules of great size,
Enter our house amid the sweet scent of cedar!

Your goats shall bear triplets, your ewes shall bear twins,
Your donkey when laden shall outpace any mule!
Your horse shall gallop at the chariot in glory,
No ox shall match yours at the yoke![10]

Spooked by this overwrought declaration of love (and saving in any case his passion for Enkidu, his faithful soulmate), Gilgamesh rebuffs the temptress with accusations of cruelty and perfidy.

You loved the speckled allallu-bird,
But struck him down and broke his wing:
Now he stands in the woods crying, 'My wing!'
You loved Ishullanu, your father's gardener,
Who used to bring you dates in a basket ...
When you heard what he'd said,
You struck him and turned him into a dwarf.

10 *The Epic of Gilgamesh*, translated by Andrew George, London: Penguin Books 2000, pp. 48–51.

In a rage, Ishtar goes to seek her father Anu's help. Anu's unwise response is to inquire whether the goddess might not have brought the abuse on herself. 'But was it not you who provoked King Gilgamesh?'

'Just give me the Bull of Heaven,' Ishtar snaps. 'I shall smash the gates of the Netherworld right down to its dwelling, I shall bring up the dead to consume the living ...'

The mighty Bull of Heaven turns out to be no match for Gilgamesh and Enkidu. After slaying the beast, they carry its great heart aloft, flaunting their victory before the devastated goddess.

Ishtar's final revenge is to inflict on Enkidu a prolonged and painful disease ending in death. Watching his beloved friend go under, Gilgamesh vows never to die, and stumbles off on his epic search for the secret of immortality.

Ishtar, progenitor of the female revenge seeker, *gets her own back*, as the common expression goes. *She gets even.* The desire for revenge as a recovery of debt, a settling of scores, and withal a redistribution of justice, is one of those basic instincts we all understand, even if we are morally obliged to disapprove. But so visceral is the human appetite for revenge, it even has a taste. The consensus is that it is sweet. But is it, really?

'Who would not have jumped for joy, in 1940,' wrote George Orwell, 'at the thought of seeing S. S. officers kicked and humiliated? But when the thing becomes possible, it is merely pathetic and disgusting.'[11] Orwell was describing his visit to a prisoner-of-war camp

11 George Orwell: "Revenge is Sour", in: *The Collected Essays, Journalism, and Letters of George Orwell*, volume 4: *In Front of Your Nose. 1945–1950*, edited

in the south of Germany, where he and another war correspondent were being shown around by a young Viennese Jew who had enlisted in the American army.

At a hangar where a group of senior SS officers are being held for interrogation, the Jewish interpreter is overcome with rage and viciously kicks the exposed club foot of a former Nazi general.

Training his unflinching gaze on the sordid scene, Orwell reports:

> Quite apart from the scrubby, unfed, unshaven look that a newly captured man generally has, he was a disgusting specimen. But he did not look brutal or in any way frightening: merely neurotic and, in a low way, intellectual. His pale, shifty eyes were deformed by powerful spectacles. He could have been an unfrocked clergyman, an actor ruined by drink, or a spiritualist medium ... Quite obviously he was mentally unbalanced—indeed only doubtfully sane. ... But what this scene, and much else that I saw in Germany, brought home to me was that the whole idea of revenge and punishment is a childish daydream. Properly there is no such thing as revenge. Revenge is an act which you want to commit when you are powerless and because you are powerless: as soon as the sense of impotence is removed, the desire evaporates also.

'Revenge is Sour,' is the title of Orwell's essay. But is it really? Sour for whom, I wonder. For the disinterested observer, maybe. Does the desire for revenge actually evaporate, though, once the act becomes possible? I'm not so sure.

Nor is Claire so sure, for that matter—at least as I read her. Any more than Tango was so sure as I wrote her.

by Sonia Orwell and Ian Angus, London: Secker & Warburg 1968, pp. 3–6.

Claire in the end does settle old scores; she gets her own back; she gets even—and how! But does retribution, even on such a sweeping scale, bring redemption? Does it for Tango?

As I said earlier, I'll not give away how her story ends. But suffice it for now to quote the good Herr Dürrenmatt: 'A story has been thought to its conclusion when it has taken the worst possible turn.'[12]

~

I said at the beginning of my inaugural talk that being appointed a Friedrich Dürrenmatt Professor of World Literature was more than an honour for me. What I intended by that statement was not just a gushing figure of speech. The honour was obvious, but something more than honour was at play, as I saw it, and that something is best described by a Burmese Buddhist concept known as *ye sek*.

Ye sek on one level means simply *a drop of water*. But on a metaphysical level, the concept refers to fate as a phenomenon as inexorable as water coursing on water. *Ye sek* is the chain of cause and effect linking certain events with their antecedent or consequent actions. But where in my case does this particular *ye sek* begin?

I'll start with the opening line in one of Dürrenmatt's own memoirs: *Back once more to the origins.*[13] I'll begin with a return to the past, if I may, by employing the past conditional. If Burma hadn't fallen prey to Ne Win's dictatorship; if my father hadn't been ar-

12 Friedrich Dürrenmatt, *Die Physiker*, in: id., *Die Stücke*, Zürich: Diogenes 2015, p. 900.

13 Friedrich Dürrenmatt, *Gesammelte Werke in sieben Bänden*, Band 6: *Stoffe I–III*, Zürich: Diogenes 1991, p. 169.

rested; if I had left for America to study music as planned; or even if, failing that, I had been allowed to study at Rangoon University, I probably never would have been led to study German. But whatever the *if* suppositions, these facts remain: It was my German studies that led to Dürrenmatt, it was Dürrenmatt I have to thank for my second novel; and it was to Dürrenmatt that I was returned by my third novel, *The Road to Wanting*, on that endless current of *ye sek*.

In the spring of 2015, I was invited to teach a course on Southeast Asian Literature at London's SOAS (School of Oriental and African Studies). As I studied the syllabus—which included *The Road to Wanting*—I found myself trying, and failing, to assess my book in a properly disinterested way. So I did as I normally do in seeking expert wisdom, and in the most expedient way. I went online.

Among the assorted reviews and critiques of *The Road to Wanting* floating around on the internet was the abstract of a conference paper that particularly caught my eye. I sent the author an email asking if I might have a full transcript and received a prompt reply. The author, Marijke Denger, was a PhD student and teaching assistant at the University of Berne. *The Road to Wanting* happened to be one of her dissertation texts. I received from Marijke not only her fine paper, but an invitation to speak at the University of Berne.

Thus it was that in the spring of 2015, I went to Berne for a discussion on 'Literature and Vagabondage' with one of UniBern's visiting scholars, the Haitian poet Louis-Philippe Dalembert. He was spending a semester on campus, in the capacity of Friedrich Dürrenmatt Professor of World Literature. After the discussion, Philippe had to rush off to join his wife and son, who were visiting from Paris, leaving me the sole guest of honour at dinner.

As I followed my hosts on a gentle uphill stroll to the Rosengarten restaurant, stopping near the top to admire the old city and the turquoise ribbon of the river Aare below, little did I anticipate the surprise ahead of me. Later still, over a long, convivial dinner with Marijke, and with Oliver Lubrich and Virginia Richter, German and English Department professors respectively, little did I guess that the evening would end with an invitation to return to Berne as Louis-Philippe's successor, the new Friedrich Dürrenmatt Professor.

I had my own surprise up my sleeve: my 'intimate' Dürrenmatt connection. But I would have to wait for the right moment to reveal it.

Now that I've done so, I should like to close with my opening remarks: 'Speaking to you here tonight is more than an honour for me.'

Thank you.

2. Berne

Almost four months ago, when I began my term here, I delivered what was grandly billed as an Inaugural Address. This was actually a long-winded self-introduction, titled 'Dürrenmatt and Me: A writer's passage from Burma to Berne'.

I chose the word 'passage' for no other reason than that 'passage' seemed just a little less hackneyed than 'journey', as in, for example, 'A Journey of Self-Discovery'. I preferred to think of my own writer's journey as a passage, based on at least three different senses of the word.

A passage can mean movement—a progression or transit—through a circumscribed space: a tunnel, a corridor, an alley, a channel, or just a state of mind. But 'passage' can also refer to a right that is granted, or must be earned in some way. We speak, for example, of being granted 'safe passage' across a border, or of 'working one's passage' on a ship, or of the 'passage' of a bill into law.

Then there is the horse-riding term *passage*. A feature of classical dressage, *passage*—pronounced the French way—is explained on an equestrian site as follows: 'The horse appears to trot in slow motion, making it look as if it is dancing.' An intriguing analogy to the business of writing, but let's leave it at that for the moment.

What I want to speak about this afternoon is my own passage from Burma to Berne as it comes to an end. In a few days, I'll be returning home—not to my childhood home in Burma, but to London, my current home. And as I wrap up my time here, I find myself thinking a lot about the word *home*, and the many unexpected ways I have come to feel *at home* in the city I must soon say goodbye to.

On the morning of my arrival in Berne, almost four months ago, Delia, my new assistant, took me on a cook's tour of the Länggasse neighbourhood where I would be living, patiently pointing out all the places it would be important for me to know: bus stops, recycling bins, Migros, Coop, Bio market, Thai café, Sri Lankan restaurant, student cafés and bars, ATM cash points, and so forth—until we reached the expansive Berne *Bahnhof*. Here, with Delia's experienced help, I was able to secure both my *Halbtax* travel card and my Swisscom sim card, all in a fraction of the time it would have taken me in London.

When I had gotten the lay of the land, more or less, Delia led me back to my flat on Hochfeldstrasse. The flat belonged to Thomas, a UniBern professor on sabbatical in California. Thomas and I had exchanged so many emails on every last aspect of my new accommodations that everything about the flat seemed immediately familiar to me, even the glorious Indian summer sunshine flooding into three of the 3.5 rooms.

After giving each room a once-over, Delia led me down to the basement for the most important tutorial of all: a tour of the laundry room. Here was a spacious, spic-and-span, brightly lit utility room that made the laundry rooms of my past seem like sordid little afterthoughts on the part of the landlord. Delia pointed out the cupboards (left unlocked) where detergents and other supplies were neatly stored, demonstrated the workings of the coin machines above the washing machines and dryers, and showed me how to reserve my designated laundry day on the calendar just outside the door.

After a light lunch at the busy but friendly Sattler Caffè; after another whirlwind tour, this time of the Unitobler building, where my office was situated—and where four boxes I had sent ahead were waiting for me; after Delia carried those boxes, almost singlehandedly, into a taxi, and then up the two flights of stairs to my apartment; after Delia left, and I had poured myself a glass of wine from the bottle Thomas had so thoughtfully left for me, I raised my glass in a toast to my new surroundings. 'Home at last,' I sighed.

Of course, on one level, the level of urban practicalities, it isn't so remarkable that someone who's been living in London should soon feel at home in a city like Berne. The increasingly intertwined, undifferentiated nature of our globalised world creates the illusion of instant familiarity, if not instant ease, in most cosmopolitan cities of the world. The common amenities of urban life all conform to standardised norms, producing a certain sameness that makes negotiating a new home deceptively easy. Washing machines, dishwashers, fridges, microwaves, not to mention laptops and handheld devices, all work in the same way the world over. Post offices, cash machines, recycling centres, drug stores, hair salons, are all based on the same global template. Supermarkets have the same basic layout and sequencing of aisles; the same displays of food, drink, and merchandise; the same snacks and gadgets to serve as last-minute temptations at the same checkout counters. Even the women working the till —where they still exist—seem cut from the same durable cloth. Sturdy, chatty, generally good-natured types, they tend to have short fuses around closing time.

The only public service in Berne that remained in a class of its own was the SBB, and its no less dependable little sister, Libero. Whenever I describe to friends in other capital cities the storied punctuality and efficiency of Swiss trains and buses, or the squeaky-clean rubbish bins neatly tucked under even more squeaky-clean table tops in the train carriages, I can soon hear myself becoming a bore, sounding as though I've just discovered the eighth wonder of the world, when everyone else knows that the SBB is already one of the seven wonders.

But I should mention one other factor that might explain my predisposition to feeling at home in Berne. Now, for those of you who have heard me speak ad nauseum on the subject, don't worry, I'm not going to talk about my Friedrich Dürrenmatt connection. No, this connection goes much further back, to my childhood in Burma, to a particular friendship I formed—not with a Swiss writer, but with a Swiss banker.

This banker's name was Mr Kahn, or Gustav H. Kahn, as engraved on his elegant stationery. Mr Kahn was Swiss, but living his retirement in New York City. It was through my mother that we became pen pals.

In the mid-1950s, Mum had gone on her first trip abroad. She had flown to San Francisco, where my older sister was getting married, and on the way back she had allowed herself the great indulgence of returning home by sea. Dad had stayed home: he was too busy running his newspaper to take time off for a slow boat to Burma. Mum booked her passage on the Hollandia, a luxury liner, as those big cruise ships were called.

On board the Hollandia, my mother had the time of her life. She danced the foxtrot with Akim Tamiroff, the great Russian Hollywood star; she became fast friends with Mr and Mrs d'Albora, 'orange millionaires,' as she described them. My first impression was of a glamorous couple with orange-coloured skin. But the d'Alboras were actually owners of vast orange groves in California, and they were 'rolling in money'. This further confused me, creating an image of the orange-skinned Mr and Mrs d'Albora rolling around on huge heaps of coins and banknotes.

But my story is about my mother's third conquest on board ship, the courtly Mr Kahn. An egghead, my mother called him. This expression I actually understood: it meant a person of superior intelligence as evidenced by a big brain. In this case, however, it seemed my mother did mean egghead literally. Mr Kahn, she reported, was a dear, sweet old man, very proper, with a shiny bald head, shaped just like an egg.

On my mother's return to Rangoon, she was flooded with letters from the many friends she had made while abroad. Unable to answer them all promptly, she appointed me her 'social secretary'. I was about eleven or twelve at the time, but my letter-writing skills had been honed in early childhood.

By the age of six or so, I was acting as a scribe for my illiterate nanny, the neighbourhood siren. Suitors and admirers were forever pressing love letters into her hand. I read them out to her, then answered them for her, not always following her dictation, but adding or subtracting as I saw fit. For example, I would always begin favourable replies with the phrase, 'Thank you for your kind letter,' because letters, I had noticed, were supposed to be 'kind'.

By the time Mr Kahn and I became pen pals, I was a budding fabulist. In answer to his polite queries about my interests and hobbies, I told him I read a lot of books, which was not remotely true. I told him I was a volleyball player, when I had only ever played the game in school a few times. Most daringly of all, I claimed to be a ballet dancer—a considerable white lie, as I had never taken a single ballet class; but I did choreograph and perform, in private, my own version of *Swan Lake*. The only truthful statement I made in my letters to Mr Kahn was that school was *extremely* boring.

I was beginning to run out of things to impress Mr Kahn with, when he wrote to my mother with an extraordinary proposition. He was prepared to arrange and pay for my education at a boarding school in Switzerland. Would that suit my parents?

My mother's mistake was to tell me about this offer, when she herself, as I was to learn later, never for a moment took it seriously. But until I was disabused of this new fantasy, all I could think of for the rest of the school year were the pleasures that awaited me in Heidi Country: slabs of slightly burned cheese melting on thick slices of farm bread (as in Heidi's first meal in her grandfather's mountain hut); acres of snow in winter that miraculously gave way to acres of wild flowers in the spring and summer, and frisky mountain goats for pets. It was the idea of snow in particular, the chimera of snow, that I associated from then on with the romance of impossibly distant places.

The truth is that my readiness to leave home *all by myself*, never mind the destination, was nothing new. For as long as I could remember, I was dazzled by the foreign and the far-away. At the same time, I intuited that home and adventure didn't go together, and that sooner or later I would have to choose. By the time I actually succeeded in leaving home, I was twenty years old and leaving—though I didn't know it at the time—for good. By the time I went to live in America, in the early 1970s, I could see that leaving home did not necessarily equate to independence and adventure. Far from it. I was no longer the lone 'Lost Me' of Gottfried Benn's poem. I was one, and only one, in a heaving mass of Lost Mes, all caught in a new world that ends the same poem: *die Welt als Flucht*. The world as flight.

Later, once I became a published writer, I liked to think of my childhood fantasies of shedding home and kin as augurs of the writing life. I took to heart such pronouncements as Theodor Adorno's

'It is part of morality not to be at home in one's home,'[14] and Roberto Bolaño's 'Every writer becomes an exile simply by venturing into literature.'[15]

My own leaps beyond existential safety nets found no better validation than that great paean to the indeterminate journey: 'Ithaka,' by C. P. Cavafy.

> Keep Ithaka always in your mind.
> Arriving there is what you're destined for.
> But don't hurry the journey at all.
> Better if it lasts for years,
> so you're old by the time you reach the island,
> wealthy with all you've gained on the way,
> not expecting Ithaka to make you rich.
>
> Ithaka gave you the marvellous journey.
> Without her you wouldn't have set out.
> She has nothing left to give you now.
>
> And if you find her poor, Ithaka won't have fooled you.
> Wise as you will have become, so full of experience,
> you'll have understood by then what these Ithakas mean.[16]

These Ithakas. The plural was intriguing. Maybe, I thought, every odyssey, every protracted, fitful, eventful journey to Ithaka is made

14 'Es gehört zur Moral, nicht bei sich selber zu Hause zu sein.' Theodor W. Adorno, *Minima Moralia*, Frankfurt: Suhrkamp 1951, p. 41.

15 Roberto Bolaño, "Exiles", essay in *The New York Review of Books*, translated by Natasha Wimmer, 13 April 2011.

16 C. P. Cavafy, *Collected Poems*, translated by Edmund Keeley and Philip Sherrard, Princeton: Princeton University Press 1975.

bearable, in reality, only by a *series* of Ithakas along the way? How else would we wandering mortals keep pushing on toward that mirage of homecoming?

I have known a few Ithakas in the course of my own journey—or should I say passage?—and in each, I have felt at home in a special way. Feeling at home in a place depends to a large extent, of course, on the ways in which one is *made* to feel at home, the ways in which one is *welcomed.*

It was Oliver who first threw open the doors to me, by offering me this guest professorship. And it was Oliver who officially welcomed me. But before long I was welcomed, I *felt* welcomed, by practically everyone I came to know on campus, and especially by the students. I am speaking not only of 'my' students in the seminars I've been teaching, but the students I've come in contact with all over Switzerland. These generous young men and women have taken me sightseeing, bought me drinks, introduced me to their roommates and friends and families. They have cooked for me, planned surprises for me, translated texts for me, and laughed at my lame jokes. Delia, my marvellous assistant, has done all of the above.

The student I owe an unusual debt to, however, is Johannes. It was Johannes who offered to take me to a particular site I didn't want to leave Berne without seeing: the Bremgarten cemetery. Johannes was familiar with Bremgarten; he had written about it in an anthology on Berne and its environs.[17]

I hadn't known until I read Johannes' essay, that in Bremgarten

17 Johannes Brunnschweiler, "850°-Perspektive", in: *Bernbuch*, edited by Johannes Brunnschweiler, Martina Frnka, Delia Imboden, Luc Oggier, and David Wagner, illustrated by Martina Frnka, Berlin: Verbrecher Verlag 2015, pp. 76–79.

was the grave of the great Russian anarchist, M. A. Bakunin. Johannes had never actually seen the grave, so we were both keen to find it.

It was a beautiful October afternoon, sunny and crisp, and as we wound our way through aisle after aisle of tombstones, statues, crucifixes, sarcophagi, and other ornamental *memento mori*, I remembered a book I hadn't thought about in a long time, but had brought along to Berne to reread: Robert Pogue Harrison's *The Dominion of the Dead*. Later, I went home to look up the sections on home grounds and burial grounds that I had marked up.

'To be human,' writes Harrison, 'is above all to bury ... We humans bury our dead not simply to achieve closure and effect a separation from the dead, but essentially to *humanise* the ground on which we build our worlds and found our histories.'[18]

Humanitas, in Latin, Harrison points out, 'comes first and properly from *humando*, burying. To be *human* is to be bound up with the *humus*, the ground, and it is why burial figures as the generative institution of *human nature*. As homo sapiens we are born of our biological parents. *Homo sapiens* is a species. Humanity is not a species. Humanity is a way of being mortal and relating to the dead, as well as to the not yet born.' Our great misfortune, however, is that 'for the first time in millennia, most of us don't know where we will be buried, assuming we will be buried at all. The likelihood that it will be alongside any of our progenitors becomes increasingly remote.'[19]

18 Robert Pogue Harrison, *The Dominion of the Dead*, Chicago: University of Chicago Press 2003, p. xi.
19 ibid., p. 31.

I thought of my own progenitors in Burma. When you want to ask someone where he or she was born, you say, 'Where is your navel buried?' Both my parents' navels were buried in Burma, but their bodies were buried in a cemetery as remote from the burial grounds of their ancestors as they could ever have imagined: in a suburb of Maryland, outside Washington, D.C.

I have been to their cemetery, The Gates of Heavenly Peace, just three times in my life: once to bury my brother Alban, who was the first to die in America; once to bury my father a year later; and once to bury my mother, who outlived them both by some twenty years. I have never been back to visit their graves since. The actual graves of loved ones tend to leave me cold—much like Reger, the unhinged art critic in Thomas Bernhard's *Old Masters*.

> 'I visit my wife's grave,' Reger confesses, 'and I stand there by her grave for half an hour and I feel nothing. That is the strange thing, that I think of nothing but my wife more or less the whole time and when I stand there by her grave I feel nothing relating to her ... Only when I walk away from the grave do I once more experience the horror of her having left me.'[20]

Old Reger goes on to rail at cemeteries in general.

> It is in the cemeteries that we see, quite brutally, the extreme tastelessness of humanity ... The stonemasons disfigure the cemeteries and the so-called sculptors put the crown of kitsch on them everywhere.[21]

20 Thomas Bernhard, *Old Masters*, translated by Ewald Osers, Chicago: University of Chicago Press 1992, p. 132.
21 ibid., p. 134.

Not in Bremgarten, thankfully. Tranquil, sedate, and above all, *tasteful*, Bremgarten seemed to me more an outdoor museum than a cemetery, a sculpture garden set within a lavishly landscaped park.

Bakunin's grave was surprisingly hard to find, considering its stature as 'one of the most frequently visited,' according to the official Bremgarten handbook. After much to-ing and fro-ing and scratching of heads, we finally found our man. We had in fact walked past him a number of times without noticing; the tombstone was that *organic*. A rugged stele of raw granite the colour and texture of aged tree bark, it could have been mistaken for a blighted tree stump—except for the bronze letters affixed to its front:

MICHEL BAKUNIN
1814–1876
RAPPELEZ-VOUS DE CELUI QUI SACRIFIA
TOUT POUR LA LIBERTÉ DE SON PAYS.

On the ground a few feet away was a small glass vase holding a single yellow rose.

According to Johannes, legend had it that until recently, devotees of Bakunin were in the habit of leaving a bottle of vodka behind the tombstone. Disappointingly, it wasn't there.

A week or so later, needing a walk in the late afternoon, I found myself back in Bremgarten. It was practically deserted at that hour, and I immediately headed for Bakunin, curious to see if his vodka bottle had reappeared. It hadn't; but the yellow rose had been replaced by a shocking-pink blossom.

In the melancholy of dusk, I thought again of *The Dominion of the Dead*, of the connection between homes and graves.

Sema, the Greek word for *sign*, is also the word for *grave*, Harrison points out, suggesting that the grave was civilization's first and foremost *house*. From as far back as Greece and Rome, the ancient *house* was built on the foundations of the ancestral tomb, forever linking the dead to the living.

So where are we now, without that link, I wondered. We who live in an age of mass *dis*location and *re*location? What sort of humanity will emerge out of so many lost homes, so many lost graves?

It was the search for Bakunin that led to my sombre musings on mortality, and in the end, it was Bakunin who brought solace. Not because I ever did find the bottle of vodka, but because it struck me that my father, like Bakunin, had been a revolutionary. *Rappelez-vous de celui qui sacrifia tout pour la liberté de son pays.* Like Bakunin, he too, had sacrificed everything for the liberty of his country. Like Bakunin, he had died in exile and been buried in foreign soil, far from where his navel was buried.

A melancholy end, in one way, but a noble end too—exciting even, it seemed to me suddenly. Perhaps, I thought, the graves of people like Bakunin and my father could be seen as triumphal *semas* planted in the *terra externa* of foreign burial grounds—not unlike the bright flags planted by mountain climbers on their hitherto unconquered summits.

All this talk of mortality and cemeteries was not meant to sound a morbid note. It was only meant to show some of the ways in which I have not only felt at home in Berne, but felt moved to revisit and rethink the *meaning* of home.

The Cavafy poem quoted above is dear to me for another reason. Once, long ago, I had actually set eyes on the real Ithaka. Back in 1977, when I was writing my first novel in Kefalonia, a neighbouring island in the Ionian Sea, I could see from my bedroom window, if I was up early enough, the outline of Ithaka taking shape in the distance.

I'll never forget the heart-stopping moment on my first dawn on the island, when I watched that mythic landmass rise out of its pitch-black bed of sea. In all my time on the island of Kefalonia, however, not once did I manage to set foot on Ithaka.

Ten years would pass before I was ready to return for the long-delayed pilgrimage. This time I was going to approach the storied island by sea, in broad daylight. No more of those teasing, chimerical sightings in the mists of dawn for me.

The ferry I was on began rounding a bend—and the first thing I saw was a tiny postcard harbour ... and high above it, flapping in the wind, a giant banner with the legend: EVERY CITIZEN IS A CITIZEN OF ITHAKA.

Every citizen is not a citizen of Berne, of course, nor is Berne every citizen's Ithaka. But I hope I have captured for you some of the ways in which Berne has been *my* Ithaka. To borrow from Cavafy: The journey has been long, but arriving here is what I feel I was truly destined for.

As for understanding the *meaning* of Ithaka, I can't claim to be any wiser now than I am about the meaning of home. What is home, anyway, but a word that each of us must make sense of, or at least die trying to? *Heimat kann ein Wort sein / wenn du es verstehst,* writes the scholar and poet Ariane Huml.[22] *Home can be a word / If you understand it.*

22 Ariane Huml, "Eine Heimat haben", unpublished poem.

As I come to the end of my wonderful, once-in-a-lifetime stay here, I believe that word has something to do with my time in Berne, something to do with my Ithaka.

Thank you all.

Wendy Law-Yone und die burmesische ›Nation‹: Veränderungen (be)schreiben

Marijke Denger

In ihren Memoiren *Golden Parasol: A Daughter's Memoir of Burma* (*Goldener Sonnenschirm: Erinnerungen einer Tochter an Burma*, London: Chatto & Windus 2013), in denen sie die Geschichte ihrer Flucht aus Burma und ihres Lebens im Westen mit der Geschichte ihres Vaters verknüpft, beschreibt Wendy Law-Yone den Moment, in dem sie 2012, nach mehr als vierzig Jahren im Exil, zum ersten Mal eine längere Reise in ihr *Vater*land antrat. Burmas Militärregierung schien damals im Begriff, das Land für die Außenwelt zu öffnen, und sowohl für die Bevölkerung selbst wie auch für die vielen Exil-Burmesen, denen es lange unmöglich gewesen war, ohne Schikanen Kontakt zu ihrer Heimat und den Menschen dort (wieder) aufzunehmen, taten sich neue Möglichkeiten auf. Allerdings ging diese Aufbruchstimmung, wie Law-Yone schreibt, mit einer gewissen Unsicherheit einher: »The prospect of change is always unsettling, even when change augurs improvement.« (»Die Aussicht auf Veränderung löst stets Verunsicherung aus, selbst wenn die Veränderung eine Verbesserung zu werden verspricht.«, S. 2.) Das Land, das Law-Yone in ihren Erinnerungen bereist und beschreibt, der verstorbene Vater, dem sie durch ihr Reisen und Schreiben gerecht zu werden hofft, und auch ihr eigenes Leben wurden von dramatischen Veränderungen nachhaltig beeinflusst. Die Dynamik zwischen dem Vater, Edward Law-Yone (1911–1980), der Tochter, Wendy, und dem gemeinsamen Herkunfts- und Sehnsuchtsort, Burma, bestimmt das Werk der Autorin.

Als Wendy Law-Yone 1947 in Mandalay geboren wurde, stand Burma kurz vor dem Ende der britischen Kolonialherrschaft, das im Januar 1948 folgte. Im selben Jahr gründete Edward Law-Yone, der als Bürokraft und Bahnangestellter im Dienst der Kolonialherren gestanden hatte, die erste englischsprachige Tageszeitung des unabhängigen Landes. Sie bekam den Titel *The Nation* und wurde zum Sinnbild für sein unerfülltes Lebenswerk. *The Nation* kann als Sprachrohr der entstehenden Zivilgesellschaft, aber auch als Gradmesser von deren Untergang verstanden werden. Und es ist gerade die Mehrdeutigkeit des Begriffs Nation, die es in Wendy Law-Yones Geschichte erschwert, zwischen dem Schicksal Burmas und dem Schicksal ihrer Familie zu unterscheiden.

Wie Law-Yone in ihren Memoiren festhält, verschmolzen die Unabhängigkeit des Landes, die Gründung der Zeitung und ihre eigene Geburt – drei Ereignisse, die keinen direkten Zusammenhang haben – in ihrer Wahrnehmung lange zu einem einzigen Moment, der ihr Leben und ihr Selbstverständnis als Schriftstellerin prägte. Ihre Großmutter prophezeite ihr etwa schon als Kind, sie würde eines Tages in die Fußstapfen ihres Vaters treten – eine Vorhersage, die sich auf teils schmerzliche Weise bewahrheiten sollte.

Schon aufgrund ihrer Herkunft sind Wendy Law-Yones Erfahrungen untrennbar mit denen des Vielvölkerstaats Burma verknüpft.

Ihr Vater wurde als Sohn einer Burmesin, genauer gesagt: einer Angehörigen der ethnischen Minderheit der Shans, und eines chinesischen Jadehändlers im Kachin-Staat im nördlichen Hochland Burmas geboren. Er verkörperte also die langjährigen Beziehungen zwischen Burma und einem seiner wichtigsten Nachbarländer. Seinen christlichen Vornamen wie auch seinen Familiennamen bekam Edward erst während seiner Ausbildung in einer nach dem Vorbild der elitären britischen *public schools* geführten Bildungseinrichtung des Laienordens der Christian Brothers. Dort sollte er auf eine Karriere im Dienst der Kolonialmacht vorbereitet werden. Um seinen Weg im damals noch britischen Burma gehen zu können, musste sich Edward wortwörtlich mit einer neuen Identität zurechtfinden.

Die prekären Machtverhältnisse, die von der Familie Law-Yone eine Bewegung zwischen verschiedenen Lebensorten und -einstellungen verlangten, bestimmten auch die Geschichte der Mutter, Eleanor Percy-Smith. Als Tochter eines hochrangigen britischen Polizeibeamten und eines Mädchens im Sekundarschulalter wurde Eleanor bereits mit sechs Jahren zur weiteren Erziehung in ein von europäischen Nonnen geführtes Internat in Mandalay abgegeben. Bei Wendy Law-Yones Vater mögen die Erfahrungen seiner Kindheit das Bedürfnis geweckt haben, mit seiner Zeitung zum Vermittler zwischen den Akteuren in Burmas Gesellschaft zu werden. Das Leben ihrer Mutter spielte sich in vergleichbarer Weise an der Schnittstelle zwischen Ost und West, zwischen (kolonialem) Herrscher und (lokalem) Untertan, zwischen Privilegien und Entbehrungen ab. So schreibt Wendy Law-Yone in ihren Memoiren ihrer Mutter denn auch das für den Zusammenhalt ihrer Familie wichtigste Verdienst zu: die Fähigkeit, Veränderungen unerschrocken entgegenzusehen, ohne in den Leichtsinn zu verfallen, ihnen trotzen zu wollen.

Rückblickend erscheint Wendy Law-Yones Kindheit in Rangun, wo sich die wachsende Familie niedergelassen hatte, wie ein Vorgeschmack auf ihr ereignisreiches Leben. In diesem Leben gab und gibt es eine Konstante, nämlich das Schreiben, was bei Law-Yone nichts anderes bedeutet, als das Persönliche mit dem Politischen zu verflechten. Ebendieser Prozess eines Ergründens der eigenen Umgebung und eines narrativen Erkundens der Umstände anderer begann mit der Lektüre der Zeitung ihres Vaters. Als Spiegel Burmas war *The Nation* aus dem täglichen Leben nicht wegzudenken. Die Zeitung war, ob als Chronik aktueller Ereignisse, als Hilfe zum Lesenlernen, als Inspiration für eigene Schreibversuche, als Verpackungsmaterial oder als Einkommensquelle, was dieses Leben ermöglichte: »*The Nation* constituted quite literally the fabric of our lives.« (»*Die Nation* bildete geradezu buchstäblich den Stoff unseres Lebens.«, S. 21.)

In Rangun wuchs Wendy Law-Yone mit fünf Geschwistern sowie mit Verwandten, Bekannten und Kollegen ihres Vaters auf. Für die junge Wendy war es die Arbeit ihres Vaters und seiner Journalisten, die ihr eine Vorahnung davon vermittelte, dass sich, außerhalb der Geborgenheit ihrer liebenswürdig chaotischen Großfamilie, chaotische Ereignisse einer prekären Art abspielten. Diese sollten schon bald das Leben nahezu aller Burmesen grundlegend verändern. Dass sie auch ihre eigene Familie auseinanderreißen würden, konnte Law-Yone bis zu General Ne Wins Staatsstreich von 1962 (sie war damals 15 Jahre alt) nicht wissen. Sehr wohl muss ihr aber von klein auf bewusst gewesen sein, welche Rolle das Schreiben als Mittel zur Verarbeitung von Veränderungen und als Form des Widerstands spielen kann. Die Zeitung und das Schicksal ihres Vaters führten Law-Yone die Macht der Worte, insbesondere zu einem Narrativ geformter Worte, vor Augen. Intuitiv muss sie auch zu der Überzeugung gelangt sein, dass diese Macht sowohl von den Herrschenden als auch von denen, die ihnen ausgeliefert sind, genutzt werden kann. Ihrer Großmutter, der Law-Yone als Kind Vorträge aus ihrem Schulalltag hielt, war der Ernst, mit dem ihre Enkelin Erzählungen aus Burmas langer Geschichte, die man ihr beigebracht hatte, wiedergab, jedenfalls genug, um ihr ein Leben im Zeichen des Schreibens zuzutrauen. Doch warnte sie auch, dass sie in einem solchen Leben auf Widerstände stoßen würde, mehr noch, dass sie sich als Tochter eines bekannten (und in gewissen Kreisen berüchtigten) Journalisten auf Gefahren gefasst machen müsste. Diese Gefahren wird die Großmutter wohl nicht wörtlich benannt haben. Jedoch griff sie, so erinnert sich Law-Yone in ihren Memoiren, zur Metapher eines Tigers, der gewaltige Fußstapfen hinterlässt, um ihre Enkelin vor den Herausforderungen zu warnen, die sie in den Spuren ihres Vaters antreffen würde. Law-Yone spornte diese bildliche Sprache nur noch weiter dazu an, der Welt schreibend entgegenzutreten. Ironisch erklärt sie: »I couldn't think of anything I wanted less to follow than the big fat footprints of a tiger.« (»Ich konnte mir nichts vorstellen, dem ich weniger gern folgen wollte als den großen, fetten Fußspuren eines Tigers.«, S. 61.)

Zunächst jedoch waren es dramatische Ereignisse, welche die burmesische Nation sowie Edward Law-Yones *Nation*, und somit auch Wendy und ihre Zukunftspläne, einholten. Am 2. März 1962 erreichte die turbulente burmesische Nachkriegsgeschichte mit dem Militärputsch General Ne Wins einen traurigen Höhepunkt. Von nun an sollte Burma unter dem jahrzehntelangen Regime einer Junta zu leiden haben, deren politische, wirtschaftliche und gesellschaftliche Folgen bis heute nicht überwunden sind, wie etwa das Schicksal der muslimischen Minderheit der Rohingya zeigt. Getrieben von seiner Ideologie eines ausländerfeindlichen und abergläubischen ›birmanischen Wegs zum Sozialismus‹ ließ Ne Win ›ausländische‹ Bevölkerungsgruppen, etwa Chinesen und Inder, die zum Teil seit Generationen im Land ansässig gewesen waren, vertreiben. Er eskalierte einen Bürgerkrieg gegen ethnische Minderheiten, ließ jegliche Form des Protests, wie den Studentenaufstand von 1988, brutal niederschlagen, führte Burmas Bevölkerung in internationale Isolation und zunehmende Armut. Edward Law-Yone hatte einst in denselben Kreisen verkehrt wie Ne Win und sogar persönlichen Umgang mit ihm gepflegt. Allerdings waren die Machtverhältnisse in Burma seit der Kapitulation der Japaner und dem Ende der britischen Kolonialherrschaft durchweg fragil gewesen. Und gerade in Zeiten undurchsichtiger, sich ständig verändernder Allianzen werden diejenigen, die schreibend Missstände entlarven und Alternativen entwerfen, von den Machthabern als Bedrohung wahrgenommen.

Law-Yone und seine *Nation* wurden Ne Win zur Bedrohung, weil sie der Nation, die sich dem Diktator zu unterstellen hatte, andere Optionen aufzeigten. Also mussten sie aus dem Weg geräumt werden. Dass mit dem Auslöschen der *Nation* auch das Konzept einer mündigen Nation ausgelöscht wurde, verdeutlicht Wendy Law-Yones Zusammenfassung der Ereignisse, die zur Verhaftung ihres Vaters und zum Verbot seiner Zeitung führten: »one day, there was no more *Nation*. One day armed men came and took our father away. A year later they took his newspaper away. It was as simple as that.« (»eines Tages gab es keine *Nation* mehr. Eines Tages kamen bewaffnete Männer und nahmen uns unseren Vater weg. Ein Jahr später nahmen sie ihm seine Zeitung weg. So einfach war das.«, S. 21.) In der Tat war es eine in der Logik des Regimes ›einfache‹

Ereignisfolge, die Wendy und ihrer Familie den Vater, die Existenzgrundlage und das Selbstverständnis als Verfechter eines demokratischen, pluralistischen Burmas entrissen. Drei Wochen nach Ne Wins Putsch wurde das Haus der Familie Law-Yone in Rangun mitten in der Nacht von Militärs umzingelt und Edward ohne Anklage abgeführt. In den folgenden Monaten erhielt die Familie keinerlei Informationen darüber, wo man ihn hingebracht hatte und ob er überhaupt noch am Leben war. Irgendwann stellte sich heraus, dass er auf unbestimmte Zeit inhaftiert war, man ihm aber gestatten würde, aus seiner Haft heraus Briefe zu schreiben (selbstverständlich zensiert). Die Druckerei der *Nation* jedoch wurde geschlossen.

Für Wendy Law-Yone bedeuteten diese dramatischen Veränderungen vorerst das Ende ihrer lang gehegten Pläne, in den USA zu studieren. Mehr noch, auch das von ihr bereits mit 16 Jahren begonnene Studium der Politikwissenschaften an der Rangoon University wurde ihr verwehrt. Man teilte ihr ohne Begründung mit, dass sie vom Studium ausgeschlossen sei. Als Tochter eines politischen Gefangenen war sie an einer nunmehr regimetreuen Institution nicht willkommen. Gerade in dieser entmutigenden Zeit, in der ihr alle Möglichkeiten zur Entfaltung genommen wurden, wurde das Schreiben für Law-Yone zum Mittel der Selbsterhaltung.

Wie sich Law-Yone erinnert, hatte man ihr und ihren Mitschülern in der Zeit vor dem Militärcoup eingehämmert, Worte seien stärker als physische Gewalt: »In school scarcely a year went by without our being called upon to write an essay showing how the pen was mightier than the sword.« (»In der Schule verging kaum ein Jahr, ohne dass man uns aufforderte, einen Aufsatz zu schreiben, in dem wir zeigen sollten, dass der Stift stärker war als das Schwert.«, S. 150.) Man hatte Wendy also schon von klein auf dazu angehalten, sich das Wissen um die Überlegenheit des geschriebenen Wortes zunutze zu machen. In einer persönlichen, familiären und politischen Krise war nun der Moment gekommen, dieses Wissen in die Praxis umzusetzen. Während die Monate verstrichen und die Familie Law-Yone außer Edwards gezwungenermaßen allgemein gehaltenen Briefen keinerlei Anhaltspunkte über sein und ihr eigenes Schicksal hatte, gelangte Wendy zu der Überzeugung, nicht so sehr dass etwas zu *unternehmen*, sondern dass etwas zu *schreiben* sei: »Something had to be done. Somebody had to write *something*.« (»Etwas musste getan werden. Jemand musste *etwas* schreiben.«, S. 150, Hervorhebung im Original.) Sie begann, Briefe an General Ne Win zu verfassen, immer auf Englisch, der Sprache, die für sie, wie auch für ihren Vater, Sachlichkeit bedeutete. Dabei setzte Wendy einerseits auf die Vertrautheit ihrer Familie mit Ne Win. (So erinnerte sie ihn daran, dass sie ihm schon als Kind rollschuhfahrend begegnet war.) Andererseits versuchte sie aber auch, formell alles ›richtig‹ zu machen, als sie sich an den General wandte. Was am meisten beeindruckt, ist allerdings die Bitte, die Wendy Law-Yone in ihrer Korrespondenz, die vermutlich nie gelesen wurde, aussprach: Es möge ihr doch gestattet werden, ihrem Vater in die Haft zu folgen. Zumindest auf dem Papier trat Wendy hier also tatsächlich in die Fußstapfen Edward Law-Yones – und das in mehrfacher Hinsicht. Zum einen setzte sie auf das geschriebene Wort als Mittel der Vernunft. Wie es ihr Vater zuvor in seiner *Nation* getan hatte, vertraute Wendy in ihren Briefen auf die Urteilsfähigkeit ihrer Leser beziehungsweise ihres Lesers, auf die Möglichkeit also, anderen durch das Schreiben unterschiedliche Schicksale und Standpunkte nahezubringen. Da ihr, wie auch ihrem Vater, die Unmöglichkeit dieses Versuches in einem totalitären Regime bewusst war, begnügte sie sich mit dem Wunsch, ihrem Vater zu folgen und seinen Überzeugungen so treu zu bleiben. Wie real dieser Wunsch werden würde, sollte sich schon bei der nächsten Veränderung in Wendy Law-Yones Leben zeigen: ihrer Hochzeit mit dem US-Amerikaner Sterling Seagrave.

Im September 1965 besuchte die damals 18-Jährige eine Veranstaltung im Goethe-Institut von Rangun, wo sie dem Journalisten und Historiker Sterling Seagrave vorgestellt wurde. Seagrave war der jüngste Sohn des legendären ›Chirurgen von Burma‹, Gordon Seagrave, der sich im Zweiten Weltkrieg und auch danach für die medizinische Versorgung der ethnischen Minderheiten in den entlegenen, von der burmesischen Regierung als abtrünnig angesehenen Grenzregionen im Nordosten des Landes eingesetzt hatte. Auch Wendy Law-Yones Mutter Eleanor hatte Gordon Seagrave im Krieg geholfen, was ihn zu einer legendären Figur in der Familiengeschichte gemacht hatte. Als nun Sterling Seagrave, der am nächsten Tag schon wieder aus Rangun abreisen sollte, plötzlich in Wendy Law-Yones Leben erschien, war es ungewiss, ob die beiden einen Weg finden würden, in Kontakt zu bleiben. Im Laufe der folgenden anderthalb Jahre konnten sie sich jedoch Briefe schreiben – eine Korrespondenz, die in ihrer Hochzeit am 30. April 1967 mündete. Noch am selben Tag musste Seagrave, dem jeweils nur 24-stündige Visa für Burma erteilt wurden, das Land bereits wieder verlassen. Für Law-Yone jedoch war der Moment gekommen, ihre Zukunft selbst in die Hand zu nehmen. Als ihre Gesuche um eine Ausreiseerlaubnis immer wieder abgewiesen wurden (als Tochter des noch immer inhaftierten Edward Law-Yone und nunmehr auch Ehefrau eines US-Amerikaners standen ihre Chancen auf einen Pass schlechter denn je), beschloss sie, aus Burma zu fliehen.

Law-Yones Versuch, gemeinsam mit ihrem Bruder Alban die grüne Grenze nach Thailand zu überqueren, scheiterte bereits kurz nachdem sie aufgebrochen waren, als die beiden auf dem Weg nach Norden von Agenten des Militärgeheimdienstes verhaftet und zurück nach Rangun gebracht wurden. Dort wurden Wendy und Alban voneinander getrennt und tagelangen Befragungen unterzogen. Von ihr erhoffte man sich offenbar Informationen über die Tätigkeit der CIA in Burma, und da sie diese nicht liefern konnte, sah es zunächst so aus, als würde man die junge Frau auf unbestimmte Zeit in der Zentrale des Geheimdienstes festhalten. So zumindest erinnert sich Law-Yone an diese Zeit, in der sich das Schicksal ihres Vaters in ihrem eigenen Leben wiederholte, ohne die beiden jedoch einander näherzubringen. (Edward Law-Yone wurde nicht beim Geheimdienst, sondern im berüchtigten Insein-Gefängnis gefangen gehalten.) Doch gerade als sie im Begriff war, sich der Verzweiflung hinzugeben, ließ man sie und ihren Bruder nach zehntägiger Haft ohne Erklärung frei. Mehr noch, sie erhielt kurze Zeit später die Erlaubnis, aus dem Land auszureisen, allerdings nur als Staatenlose, und wurde in einen Flug nach Bangkok gesetzt. Als sie im Juli 1967 in der thailändischen Hauptstadt ankam und ihren Ehemann, der dort auf sie gewartet hatte, wiedersah, war Wendy Law-Yone zur Exil-Burmesin geworden.

Als sie Burma verließ, begann für Law-Yone nicht etwa eine Zeit neuer Stabilität. Vielmehr musste sie sich weiter mit Veränderungen – des Wohnorts, des Arbeitsorts und der familiären Umstände – auseinandersetzen. Wendy und ihr Mann zogen nach Hollywood, damit Sterling Seagrave seine Arbeit an einem Drehbuch verfolgen konnte. Nachdem dieses Projekt fehlgeschlagen war, lebte das Paar kurze Zeit in New York, kehrte dann aber nach Bangkok zurück. Bangkok wurde vorerst zu ihrem Lebensmittelpunkt, dort wurden im September 1968 auch ihre Zwillinge geboren. In der Zwischenzeit hatten sich in Burma, und damit auch in Law-Yones Familie, bedeutende Ereignisse abgespielt. Dank einer unerklärlichen Amnestie war Edward Law-Yone im Februar 1968 freigelassen worden und dank seiner persönlichen Beziehungen zu General Ne Win (der sich als launenhafter Diktator erwies, als er Edward freundschaftlich empfing und auf all dessen Forderungen einging) an Reisepapiere für sich und seine Familie gekommen. So wurde es möglich, dass sich Wendy Law-Yones Eltern und Geschwister, nun ebenfalls Exilanten, Ende 1968 in Bangkok niederließen.

Edward Law-Yone wusste, dass die Ausreise aus Burma seine einzige Chance sein würde, in seinem Heimatland etwas zu verändern. Wie er seiner Tochter vor seiner Ankunft in Thailand schrieb, wäre er in Burma zur Untätigkeit verdammt gewesen. Aus dem Exil heraus ließ sich jedoch eine Widerstandsbewegung bilden, die mit internationaler Unterstützung Druck auf das Regime in Rangun würde ausüben können: »Burma will always be our country and we will all come back here when we can do so with honour and with pride ... We are not going to sit idly [...] and bemoan our fate.« (»Burma wird immer unser Land sein, und wir werden alle hierher zurückkehren, sobald das mit Ehre und Stolz möglich ist ... Wir werden nicht untätig sein [...] und unser Schicksal beklagen.«, S. 170.) Edward Law-Yone hatte schon mit seiner *Nation* versucht, verschiedenen politischen Meinungen in Burma Gehör zu verschaffen. Nun, da das Schreiben für ihn keine Option mehr war, ging er über zu politischem Aktivismus. Er wurde zum Generalsekretär der *People's Democratic Party*, dem Oberbegriff für die im Ausland vereinten Kräfte zur Wiederherstellung der Demokratie in Burma, und gleichzeitig zum Außenminister der burmesischen *de facto* Exilregierung.

Während ihr Vater auf ausgedehnten Dienstreisen um internationale Unterstützung für seine alternative Regierung warb, trat

Wendy Law-Yone in seine beruflichen Fußstapfen, als sie 1969 begann, bei der *Bangkok World*, einer der größten englischsprachigen Tageszeitungen Thailands, zu arbeiten. Im Rückblick wird klar, dass sich zu diesem Zeitpunkt eine neue Dynamik zwischen Wendy Law-Yone, Edward Law-Yone und Burma entwickelte. Edward Law-Yone musste den Traum einer notfalls auch gewaltsamen Revolution in seiner Heimat aufgrund persönlicher und finanzieller Probleme aufgeben. Gemeinsam mit seiner Frau emigrierte er in die USA, wo er den Rest seines Lebens verbringen sollte. Wendy Law-Yone hingegen blieb vorerst in der Region und zog zuerst nach Singapur und anschließend nach Kuala Lumpur. Zu dieser Zeit sah Edward Law-Yone alles, wofür er gekämpft und persönliche Opfer gebracht hatte, zusammen mit seinen wirtschaftlichen Mitteln dahinschwinden, hielt zugleich aber an dem Gedanken einer Rückkehr seiner Familie nach Burma fest. Wendy Law-Yone blieb unterdessen mit ihrer Familie ständig in Bewegung, auch über Kontinente hinweg. Das Bewusstsein ihrer Herkunft und das damit verbundene Gefühl der Verantwortung gegenüber einer Nation, für die sich im Ausland nur Wenige stark zu machen schienen, sollten aber umso ausgeprägter bleiben. Es war also nur eine Frage der Zeit, bis Wendy Law-Yone schreibend dort ansetzen würde, wo ihr Vater einst gezwungen war aufzuhören.

Anfang der 1970er Jahre übersiedelte Wendy Law-Yone gemeinsam mit ihrem Mann und den Kindern in die USA, wo sie zuerst Komparatistik und Moderne Sprachen in St. Petersburg in Florida studierte, bevor sie mit einem Fellowship des Carnegie Endowment nach Washington, D.C., zog. Ihre Ehe mit Sterling Seagrave war zu Ende gegangen, ihre Kinder bei ihm in Florida zurückgeblieben und ihr Bruder Alban, zu dem sie nicht erst seit der gemeinsamen Erfahrung der Haft ein besonders enges Verhältnis hatte, verstorben. In dieser schwierigen Phase ihres Lebens sprach ihr Vater sie auf ein Manuskript, das er fertiggestellt hatte, an, in dem er sein Leben in und für Burma zusammengefasst hatte. Wie Wendy Law-Yone sich erinnert, wäre es eine allzu schwere Aufgabe gewesen, sich in einer Zeit, in der sie zunächst mit ihren eigenen Erfahrungen zurechtkommen musste, mit den Erfahrungen ihres Vaters auseinanderzusetzen. Es kann jedoch kein Zufall sein, dass sie kurz vor Edwards plötzlichem Tod 1980 ein eigenes Manuskript fertiggestellt hatte, und zwar das Manuskript ihres ersten Romans, der 1983 unter dem Titel *The Coffin Tree* (*Der Sargbaum*) veröffentlicht werden sollte.

In Law-Yones Erstlingswerk geht es um eine junge Burmesin und ihren älteren Bruder, deren übermächtiger Vater seine Familie mit seinem revolutionären Gedankengut in Gefahr bringt und seine Kinder so auf die Flucht in die USA treibt. Dort müssen sich die Geschwister in einer scheinheiligen, fremdenfeindlichen Gesellschaft zurechtfinden. Nach dem Tod ihres Bruders wird die Protagonistin in eine psychiatrische Klinik eingeliefert, schöpft dort aber Kraft aus den Erinnerungen an ihre burmesische Kindheit und kann sich so wieder der Außenwelt stellen. Die Parallelen zum Leben der Autorin sind zwar nicht allumfassend, aber deutlich erkennbar. Es verwundert daher auch nicht, dass Law-Yone erleichtert war, als ihr Vater, der das Manuskript noch zu lesen bekam, ihr vor ihrem Debüt als Schriftstellerin seinen Segen gab. Als Edward Law-Yone im Juli 1980 in den USA an einem Herzinfarkt verstarb, waren sowohl sein Lebenswerk als auch sein Lebenstraum unerfüllt geblieben. Er war nicht in sein Heimatland zurückgekehrt, die Macht der Militärregierung in Burma war ungebrochen, und eine unabhängige Tageszeitung, ob burmesisch- oder englischsprachig, hatte es in Burma nie mehr gegeben. Wie Wendy Law-Yone schreibt, war es immerhin ein tröstlicher Gedanke, dass ihr Vater den weiteren Verfall seiner geliebten Nation nicht mehr miterleben musste: »It was a good time, I told myself, for Dad to go when he did. The country he loved with all his might and was forced to abandon would never again be the country he knew. The nation of his dreams was nobody's nation now.« (»Es war an der Zeit, sagte ich mir, dass Papa ging, als er ging. Das Land, das er mit ganzer Kraft liebte und das er verlassen musste, würde niemals wieder das Land sein, das er gekannt hatte. Die Nation seiner Träume war niemandes Nation mehr.«, S. 245.) In der Literatur sollte Wendy Law-Yone jedoch bald schon erreichen, was Edward zeitlebens verwehrt blieb. In ihrem Roman *The Coffin Tree*, der von Kritikern und Lesern begeistert aufgenommen wurde, verbindet sie das Persönliche mit dem Politischen und schließt so ihren Frieden mit einer Nation, die es nicht mehr geben konnte.

Dass ihr Heimatland sie trotzdem nicht loslassen würde, erwies sich im Frühjahr 1989, als Law-Yone, inzwischen als preisgekrönte Schriftstellerin und Journalistin tätig, in die Grenzregion zwischen Thailand und Burma reiste. Am 8. August 1988 war der Volksaufstand, der mit Studentenprotesten in Rangun begonnen und sich rasch auf das ganze Land ausgedehnt hatte, vom Militär brutal niedergeschlagen worden. Tausende (vermeintliche) Regimekritiker, darunter auch Frauen und Kinder, wurden inhaftiert, gefoltert oder umstandslos exekutiert. Dissidenten, die der Gewalt entkommen konnten, flohen in die burmesischen Hochländer, wo sie sich den Guerillakämpfern der ethnischen Minderheiten anschlossen. Zu ebendiesen Milizen war schon Edward Law-Yone zwanzig Jahre zuvor gereist, um sie für den bewaffneten Widerstand seiner *People's Democratic Party* zu gewinnen. Seine Vorstellungen hatten sich jedoch als undurchführbar erwiesen. Nun war es also seine Tochter, die auf ihre eigene Art versuchte, auf die Unterdrückung ihrer Landsleute aufmerksam zu machen.

Wie Wendy Law-Yone in ihren Memoiren festhält, war sie zunächst bekümmert über die Hoffnung, welche die vielen jungen Frauen und Männer, die unter erbärmlichen Umständen in thailändischen Flüchtlingslagern einer besseren Zukunft entgegenfieberten, in ihre ›Schwester aus Amerika‹ setzten. Zu sehr ähnelte die Situation, in der es den Aufständischen an den Ressourcen fehlte, die für eine erfolgreiche Umwälzung in Burma erforderlich gewesen wären, derjenigen, die Edward Law-Yone bereits um 1970 in denselben Lagern vorgefunden hatte. Und dennoch konnte Wendy das Gefühl der Ohnmacht angesichts der scheinbar ausweglosen Lage derjenigen, die eine neue Chance für Burma erzwingen wollten, erneut kreativ umsetzen. 1993 erschien ihr zweiter Roman, *Irrawaddy Tango*, dessen gleichnamige Protagonistin sich dank ihres tänzerischen Talents aus bescheidenen Umständen zur Frau des Diktators eines südostasiatischen Staates hocharbeitet, der nicht namentlich genannt wird, aber offensichtlich an Burma angelehnt ist. Von Rebellen entführt, beginnt Tango eine Affäre mit deren Anführer und schließt sich dem Aufstand gegen ihren Ehemann an. Nachdem sie von Regierungstruppen aufgegriffen und für ihre Untreue bestraft worden ist, wird sie ins US-amerikanische Exil vertrieben. Von dort aus gelingt es ihr, nach weiteren Schicksalsschlägen, in ihr Heimatland zurückzukehren und eine Tat zu begehen, die zum Ziel hat, das Land sowie sie selbst, vom Joch ihres einstigen Ehemannes zu befreien.

Eine solche Handlung mag unrealistisch wirken, zumal es für das Leid der allermeisten Einwohner von Burma noch heute keine Lösung zu geben scheint. Und doch vermag Wendy Law-Yone mit ihrem Porträt einer außergewöhnlichen Frau, für die ihr persönliches Schicksal mit dem Schicksal ihrer Nation verbunden ist, diesem Leid eine Stimme zu geben und Alternativen zu entwerfen. Mit ihrer Protagonistin geht sie auch auf die Herausforderungen eines Lebens zwischen Ost und West ein. Wie ihr Vater als Exilpolitiker bestrebt war, die Anliegen Burmas zu den Anliegen der internationalen Gemeinschaft zu machen, so ist es Wendy Law-Yones Bestreben als Schriftstellerin, burmesische Stimmen, seien sie nun real oder fiktiv, in all ihrer Vielfalt zur Geltung zu bringen.

Zehn Jahre nach ihrer ersten Rückkehr an die burmesische Grenze befand sich Wendy Law-Yone, die inzwischen wieder geheiratet und zwei weitere Kinder bekommen hatte, erneut in der Region, dieses Mal im Grenzgebiet zwischen China und Burma. Für eine Zeitschrift sollte sie einen Bericht verfassen über die alte, für den Grenzverkehr wiedereröffnete Burmastraße, die in den 1930er Jahren im Japanisch-Chinesischen Krieg angelegt worden war und die wichtigste Verbindung zwischen China und den britischen Kolonien in der Umgebung dargestellt hatte. Law-Yones Projekt ermöglichte es ihr, im Frühjahr 2000 die gesamte – etwa 1150 Kilometer lange – Straße zu bereisen. Zu dieser Zeit hatte die politische und wirtschaftliche Öffnung Chinas der einst legendären Burmastraße neues Leben eingehaucht und sie zum Dreh- und Angelpunkt für den legalen wie für den illegalen Handel aller Art gemacht. Der Ausgangspunkt von Law-Yones Reise war Kunming, die Hauptstadt der chinesischen Provinz Yunnan, das Ziel war Ruili, ein Ort an der burmesischen Grenze, die Law-Yone damals noch immer nicht überqueren konnte. Und doch begann für sie auf dieser Reise eine erste konkrete Auseinandersetzung mit ihrer Familiengeschichte – im wörtlichen Sinn (in einem Dorf nahe Ruili lernte sie Verwandte ihres chinesischen Großvaters kennen) und im übertragenen Sinn (die Burmastraße steht wie kein anderer Ort in der Region für die Verbindung zwischen den Kulturen, zwischen westlichen und östlichen Interessen und Machtansprüchen, die sowohl für Burma als auch für die Familie Law-Yone prägend war). Auf der Burmastraße konnte Law-Yone den Fußstapfen ihres Vaters nicht nur folgen, sondern diese für sich auch neu aufarbeiten. So konnte sie, ohne burmesischen Boden zu betreten, die Verbindung zwischen ihrer Familie und der Nation fast physisch nachvollziehen. Anschließend, nach ihrer Rückkehr in die USA, sah sie sich endlich in der Lage, sich mit dem Manuskript ihres Vaters auseinanderzusetzen. Zudem sollte das Schicksal Edward Law-Yones und seiner *Nation* nun, über einen weiteren fiktionalen ›Umweg‹, auch Eingang in das literarische Schaffen seiner Tochter finden.

Zwei Jahre nach ihrer Reise auf der Burmastraße gab es in Wendy Law-Yones Leben eine weitere einschneidende Veränderung. Im Rahmen eines David T. K. Wong Creative Writing Fellowships an der Universität von East Anglia zog Law-Yone nach England, wo sie größtenteils noch heute, inzwischen mit ihrem britischen Ehemann John, lebt. In England veröffentlichte Law-Yone 2010 auch ihren dritten Roman, *The Road to Wanting*, in dem die Burmastraße eine zentrale Rolle spielt. Die Protagonistin, eine junge Frau aus einfachsten Verhältnissen, ist gezwungen, sich ihren Weg durch Burma, Thailand und China zu bahnen, bis sie die chinesische Stadt Wanting (auch Wanding oder Wandingzhen) erreicht, einen der Grenzübergänge zwischen China und Burma und während des Zweiten Weltkriegs ein wichtiger Knotenpunkt der Burmastraße.

The Road to Wanting erzählt die Geschichte von Na Ga, die in den 1950er Jahren in den burmesischen Hochländern als Angehörige einer der kleineren ethnischen Minderheiten des Landes geboren wird. Von ihren Eltern aus Armut verkauft, wird sie bereits als Kind zur Haushaltshilfe gemacht und tritt so in den Dienst einer US-amerikanischen Expat-Familie in Rangun. Obwohl die Familie Na Ga bald als ihr Adoptivkind betrachtet und sie mit sich zurück in die USA nehmen will, macht ihnen General Ne Wins Machtübernahme einen Strich durch die Rechnung. Die Amerikaner müssen Burma Hals über Kopf verlassen, Na Ga bleibt zurück. In der Hoffnung auf eine bessere Zukunft als Kindermädchen in Thailand gerät sie in die Fänge eines Menschenhändlers, der sie in Bangkok zur Prostitution zwingt. Schlussendlich findet sich Na Ga in einem Flüchtlingslager an der thailändisch-burmesischen Grenze wieder, wo sie abermals von einem US-amerikanischen Expat, Will, aufgenommen und in dessen Luxusvilla nach Bangkok mitgenommen wird. Ihr vergleichsweise ruhiges Leben dort kommt zu einem jähen Ende, als Will sich entschließt, eine langjährige, ebenfalls US-amerikanische Bekannte zu heiraten. Unter dem Vorwand, besorgt zu sein um ihr Wohlergehen, schickt er Na Ga, ausgestattet mit Geld und Reisepapieren, zurück nach Burma, wo sie sich endlich mit ihrer Familiengeschichte auseinandersetzen und sich eine Zukunft in ihrem Herkunftsland sichern soll. So kommt es, dass sich ein entscheidender Teil von Na Gas Geschichte in Wanting, an Burmas Grenze, abspielt. Dort versucht die verzweifelte Frau, sich das Leben zu nehmen, stößt dann aber auf Landsleute, die sie auf je eigene Weise ermutigen, den Schritt zurück nach Burma als einen Schritt in eine selbstbestimmte Zukunft zu gehen.

The Road to Wanting kann als der persönlichste von Wendy Law-Yones Romanen gelesen werden, hat er doch als Schauplätze die thailändischen Lager, die sie auf den Spuren der politischen Vergangenheit ihres Vaters besucht, und die Burmastraße, die sie auf den Spuren ihrer eigenen Vergangenheit bereist hatte. Als geopolitischer Kontext wird Burma genannt, und die Handlung orientiert sich an historischen Ereignissen wie dem Militärputsch von 1962, die auf Law-Yones Leben einen nachhaltigen Einfluss hatten. Auffällig ist auch, dass es in Na Gas Geschichte um die Suche nach dem wahren Namen der Protagonistin geht. Na Ga hatte nie die Gelegenheit, an einer traditionellen Zeremonie der Namensgebung teilzunehmen, wie sie für Angehörige ihrer Gemeinschaft üblich wäre. Was ihr fehlt, ist ein sogenannter Namenssamen (*name seed*), den sie von ihrer Mutter hätte bekommen sollen und der den Sinn ihrer Identität und Bestimmung symbolisieren würde. In der Schlussszene des Romans überquert Na Ga die Grenze nach Burma mit dem Auftrag, den Namenssamen eines verstorbenen Landsmanns zurück an dessen Heimatort zu bringen und für ihn so das Leben auch symbolisch zum Abschluss zu bringen. Die Frage nach Na Gas ›echtem‹ Namen wird nicht abschließend geklärt. Vielmehr ist es gerade die Uneindeutigkeit ihrer Vergangenheit, die neue Möglichkeiten für ihre Zukunft eröffnet und sie zur Stimme der vielen Bevölkerungsgruppen macht, die in der offiziellen burmesischen Geschichtsschreibung ungehört blieben. In *The Road to Wanting* kritisiert Law-Yone die Politik Burmas sowie die Unfähigkeit der internationalen Gemeinschaft, das Leid der Burmesen zu lindern. Zugleich symbolisiert Na Gas Suche nach ihrem Namen auch Law-Yones Suche nach einem Weg zu ihren burmesischen Wurzeln. Indem sie ihren Roman schreibt, gelingt es ihr, mit ihrem Heimatland auch im Exil verbunden zu bleiben.

The Road to Wanting wurde 2011 für den Orange Prize for Fiction nominiert. Wie dieser Roman eine Auseinandersetzung mit ihrer burmesischen Vergangenheit darstellt, so markiert ihr bislang letztes Buch, *Golden Parasol: A Daughter's Memoir of Burma* (2013), den Abschluss einer Periode, in der Wendy Law-Yone anhand des Manuskripts ihres Vaters das Schicksal Burmas aufarbeitet. *Golden Parasol* kann als Anerkennung dessen gelesen werden, was das Land für ihr eigenes Leben bedeutet – als Heimat ihrer Familie und Vorfahren, als ihre Geburtsstätte und als Wiege von Edward Law-Yones *Nation*. Nicht umsonst spielt der Untertitel, *A Daughter's Memoir*, mit der Möglichkeit, Wendy Law-Yone im doppelten Sinn als Tochter Edwards und/oder als Tochter Burmas zu verstehen. Vordergründig verfolgt Wendy Law-Yone in *Golden Parasol* den Werdegang ihres Vaters, die Geschichte seiner *Nation* und den Untergang der größeren Nation, der Edward Law-Yone sein Lebenswerk gewidmet hatte. Wendy Law-Yone verbindet in ihren Memoiren aber auch im weiteren Sinn das Persönliche mit dem Politischen. So erweist sie sich als Autorin, die sich die einschneidenden Veränderungen, mit denen sie und ihre Familie zurechtzukommen hatten, immer wieder zu eigen – beziehungsweise zu einer Quelle der Literatur machte.

Wendy Law-Yones Literatur vollendet, was den Journalismus ihres Vaters motiviert hatte, allen Rückschlägen zum Trotz. In Anlehnung an Edward Law-Yones publizistische Tätigkeit versteht sie es, in ihren Romanen Schicksale, Geschichten und Anschauungen zu einem Ganzen zusammenzuführen, ohne dass die einzelnen Stimmen dabei verloren gehen. In Ost und West, in beiden Erfahrungswelten, in und zwischen denen sie schreibt, finden diese Stimmen Gehör. Wendy Law-Yone folgt tatsächlich den Fußspuren ihres Vaters, sie füllt sie jedoch auf ihre eigene Art aus. Es macht die Anziehungskraft ihrer Romane aus, dass in ihnen auch aus Veränderungen, die nichts Gutes verheißen, Hoffnung entsteht.

Wendy Law-Yone and the Burmese 'Nation': Writing (About) Change

Marijke Denger

In her book *Golden Parasol: A Daughter's Memoir of Burma* (London: Chatto & Windus, 2013), Wendy Law-Yone ties together the story of her flight from Burma and her life in the West with the story of her father. Fittingly, she begins the book by describing the moment when, in 2012, after more than forty years in exile, she first set off on a longer journey through her *father*land. At the time, Burma's military government was apparently opening the country to the outside world, and there seemed to be room for new possibilities, both for the population itself and for the many Burmese-in-exile, who had long been harassed into minimising their ties to country and kin. However, as Law-Yone writes, this sense of optimism went together with a sense of dread: 'The prospect of change is always unsettling, even when change augurs improvement' (p. 2). The country that Law-Yone revisits and describes in *Golden Parasol*, her late father, to whom she seeks to do justice by travelling and writing, as well as her own life were continuously influenced by often dramatic changes. Her literary work, meanwhile, has been shaped by the triangular relation between her father, Edward Law-Yone (1911–1980), her sense of self as his daughter, and Burma, their joint place of origin and yearning.

When Wendy Law-Yone was born in Mandalay in 1947, Burma was about to gain independence from British colonial rule, which ended in January 1948. In the same year, Edward Law-Yone, who had served the colonial government as a clerk and employee on the railway line, founded the now independent country's first anglophone daily newspaper. It was named *The Nation* and was to stand for Edward's unfulfilled life's work. *The Nation* was the mouthpiece of an emerging civil society, but it also came to represent the latter's decline. And it is precisely the ambiguity of the term 'nation' that, in Wendy Law-Yone's story, makes it difficult to discriminate between the fate of Burma and that of her family.

As Law-Yone recalls in her memoir, for a long time, Burma's independence, the founding of her father's newspaper, and her own birth—three separate events that do not have a causal relationship—seemed to constitute a single moment, which had a lasting impact on her life and her self-conception as a writer. When she was a child, her grandmother already predicted that Wendy would one day follow in the footsteps of her father, a prediction that would prove painfully true. What is more, due to her ancestry, Wendy Law-Yone's experiences are inseparably tied to the multi-ethnic state of Burma.

Law-Yone's father Edward was born in the Kachin State, in the northern highlands of Burma. With a mother who was Burmese—more precisely, a member of the ethnic minority of the Shan—and a father who was a Chinese trader in jade, Edward embodied the longstanding relations between Burma and one of its most important neighbouring countries. Edward only received his Christian given name as well as his surname during his time at a Christian Brothers school, modelled on the elite British public schools, where he was to be prepared for a career in the service of the colonisers. In order to make his way in British Burma, Edward had to literally come to terms with a new identity.

The shifting power dynamics that shaped Burma's colonial and post-colonial history also shaped the history of Wendy Law-Yone's family, compelling them to constantly adapt to new places and ways of living. The story of Wendy's mother, Eleanor Percy-Smith, is no different in this regard. The daughter of a senior British police officer and a Burmese girl of high school age, Eleanor was only six years old when she was consigned to the care of a boarding school, run by European nuns, in Mandalay. For Wendy Law-Yone's father, the experiences of his childhood might have awoken his desire to mediate between different actors in Burma's society, which he eventually did through his newspaper. Similarly, the life of Wendy's mother took shape at the intersection of East and West, in between the (colonial) ruling class and their (local) subjects, between privilege and privation. Fittingly, in her memoir, Wendy Law-Yone ascribes to her mother the feat that held the family together against all odds: the ability to face change undeterredly, and without resorting to the folly of trying to defy it.

In hindsight, Wendy's childhood in Rangoon, where the growing family settled after having been based in different parts of the country, seems like a precursor to her own eventful life. In this life, there is one constant, and that is writing, which, in the context of Law-Yone's work, means nothing less than bringing together the personal and the political. For Law-Yone, the process of analysing one's own environment whilst exploring, through narrative, the circumstances of others was sparked by her engagement with her father's newspaper. As a mirror of Burma, *The Nation* was inseparable from her daily existence. Whether as a chronicle of current events, an aid for learning how to read, an inspiration for individual writing projects, a packaging material or a source of income, it was Edward Law-Yone's newspaper that made this existence possible. As Wendy Law-Yone puts it, '*The Nation* constituted quite literally the fabric of our lives' (p. 21).

In Rangoon, Wendy grew up with five siblings as well as further family members, friends and colleagues of her father. For the young girl, it was the work of Edward and his journalists that gave her an inkling of the fact that, outside of the reassuring chaos of her own family, chaotic events were taking place of a more precarious kind. It would not be long until these events would fundamentally change the lives of virtually all Burmese. Before General Ne Win's coup d'état of 1962, at which time she was 15 years old, Wendy could not have known that these events would also tear apart her own family. However, from an early age, she must have been aware of the function of writing as a tool for dealing with change and as a means of resistance. Her father's newspaper and his personal fate confronted her with the potency of the written word, especially when arranged in narrative form. Intuitively, she appears to have gained the conviction that this potency can be appropriated by those in power as well as those subjected to it. In any case, for her grandmother, the earnestness with which Wendy recited the tales taught her at school about Burma's illustrious past was such that she could see her granddaughter dedicating her life to writing. However, Wendy was also cautioned by her grandmother that, in such a life, and being the daughter of an (in)famous journalist, she would have to brace herself against resistance, even danger. Her grandmother probably left unspecified the nature of this danger. Instead, as Law-Yone recalls, she resorted to the metaphor of a tiger that leaves behind enormous footprints to warn her about the challenges she would encounter in the tracks of her father. For Wendy, this imagery was an even greater motivation to face the world by and in writing. As she declares, with a hint of irony, in her memoir: 'I couldn't think of anything I wanted less to follow than the big fat footprints of a tiger' (p. 61).

However, before she had the chance to do so, dramatic events caught up with the Burmese nation, Edward Law-Yone's *Nation* as well as Wendy and her plans for the future. On 2 March 1962, the turbulent Burmese post-war history reached a sorry climax in the form of General Ne Win's military coup. From now on, Burma was to suffer for decades from a dictatorial regime whose political, economic, and social consequences are felt to this day, as, for example, the plight of the Muslim minority of the Rohingya shows. Driven by his xenophobic and superstitious ideology of a 'Burmese Way to Socialism', Ne Win ordered the deportation of 'foreigners', such as Chinese and Indians, many of whom had been in the country for generations. He escalated a civil war against ethnic minorities, brutally suppressed any form of protest, such as the student uprising of 1988, and led Burma's population into international isolation and increasing poverty. Previously, Edward had moved in the same circles as Ne Win and consorted with him on more than one occasion. However, ever since the Japanese surrender and the end of British colonial rule, the power dynamics in Burma had been constantly shifting. And it is especially in times of opaque and changing alliances that those who write to expose misgovernment and suggest alternatives are deemed a threat to those in power.

Edward Law-Yone and his *Nation* formed a threat to Ne Win because they continued to show the nation that was to be subjugated to the General's regime that there were other options. And so they had to be eliminated. The summary provided by Wendy Law-Yone of the events that led to the imprisonment of her father and the banning of his newspaper make clear that the obliteration of *The Nation* signified the obliteration of what might have become a mature civil society: 'one day, there was no more *Nation*. One day armed men came and took our father away. A year later they took his newspaper away. It was as simple as that' (p. 21). Indeed, according to the logics of the regime, it was a 'simple' series of events that deprived Wendy and her family of their father, their source of income, and their sense of self as proponents of a democratic, pluralistic Burma. Three weeks after Ne Win's coup, in the middle of the night, the Law-Yone family home in Rangoon was suddenly surrounded by members of the military, and Edward arrested without charge. In the following months, his family did not receive any information about where he had been taken and whether he was still alive. Eventually, it turned out that he was being imprisoned indefinitely, but would be allowed to write letters from confinement (censored, of course). The newspaper presses of *The Nation*, however, were shut down.

For Wendy Law-Yone, these dramatic changes initially meant the end of her longstanding plans to study in the US. More so, she was banned from pursuing her studies in political science at Rangoon University, where she had enrolled at the age of only 16. One day, without further explanation, she was informed of her expulsion. As the daughter of a political prisoner, she was no longer welcome at an institution that was now loyal to the new regime. Especially during this devastating time, when all avenues of self-development seemed closed off to her, writing became a means of self-preservation.

As Law-Yone recalls, in the days before the military coup, she and her classmates had been instilled with the conviction that words were more powerful than physical violence: 'In school scarcely a year went by without our being called upon to write an essay showing how the pen was mightier than the sword' (p. 150). From an early age on, Wendy had been made aware of the superiority of the written word. In a personal, familial, and political crisis, the moment had come to put that awareness into action. Months went by and, apart from Edward's necessarily superficial letters, the Law-Yone family were left without any indication as to his or their own fate. Wendy, meanwhile, reached the conclusion that it was high time not just for action, but, specifically, for writing: 'Something had to be done. Somebody had to write *something*' (p. 150, emphasis in the original). She began to write letters to General Ne Win, always in English, the language that was, for her, as it had been for her father, connected with objectivity. On the one hand, when writing, Wendy put her faith in the familiarity that had long existed between the Law-Yones and Ne Win (for example, she reminded him that he had already seen her roller-skating as a child). On the other hand, she tried to adhere to all necessary formalities in addressing the General. What is most impressive, however, is the plea that Wendy articulated in her correspondence, which was probably never read: She was seeking permission to follow her father into custody. At least on paper, Wendy was here really pursuing Edward's footprints, and in more than one way to boot. For one thing, she was relying on the written word as an instrument of reason. As her father had done in his *Nation*, Wendy, in her letters, had confidence in the judgement of her readers (or, rather, reader)—confidence, that is, in the potency of writing as a way of sensitising one's addressee to the views and plights of others. Just like her father, however, Wendy was aware of the futility of her efforts in a totalitarian regime. Therefore, she contented herself with the wish to literally follow her father and thus remain true to his convictions. Just how quickly this wish would turn into reality would become apparent after the next change in Wendy Law-Yone's life: her marriage to the US-American Sterling Seagrave.

In September 1965, a then 18-year-old Wendy visited an event at the Goethe-Institute Rangoon, where she was introduced to the journalist and historian Sterling Seagrave. Seagrave was the youngest son of the legendary 'Burma Surgeon', Gordon Seagrave, who, during and after the Second World War, had championed healthcare for the ethnic minorities in the remote, supposedly 'dissident' frontier areas in the north-eastern parts of the country. During the war, he had also treated Wendy's mother Eleanor, which had made him a legendary figure in the Law-Yone family. When Sterling Seagrave, who was to leave Rangoon again the next day, suddenly appeared in Wendy's life, it was doubtful they could find a way to stay in touch. But during the next one and a half years, they were able to write each other letters—a correspondence that resulted in their wedding on 30 April 1967. That same day, Seagrave, who was only ever granted 24-hour visas for Burma, had to leave the country again. For Wendy Law-Yone, however, the time had now come to take her future into her own hands. Her applications for a travel document had been repeatedly denied; as the daughter of the political prisoner Edward Law-Yone and now also the wife of a US-American, her chances of obtaining a passport were worse than ever. So she decided to flee the country.

Law-Yone's attempt to clandestinely cross the border into Thailand together with her brother Alban failed shortly after their departure. On their way to the north, the two of them were arrested by agents of the Military Intelligence Service and brought back to its headquarters in Rangoon, where they were separated and subjected to interrogations for days on end. Apparently, the regime hoped to gain details about the activities of the CIA in Burma, and when Wendy was unable to deliver these, it looked as though she was to be kept in custody indefinitely. That, at least, is how Law-Yone remembers this time, when the fate of her father repeated itself in her own life, without, however, bringing them closer together (Edward Law-Yone was not being held with the secret service, but in the infamous Insein Prison). However, after ten days of imprisonment, just as she was about to sink into despair, Wendy and her brother were released without further explanation. What is more, shortly afterwards, Wendy received permission to leave Burma, but only as a stateless person, and put on a flight to Bangkok. When she arrived in the Thai capital in July 1967 and was reunited with her husband, who had been waiting there for her, she had become a Burmese-in-exile.

Upon leaving Burma, Wendy Law-Yone did not embark on a more stable period in her life. On the contrary, there were ever more changes to deal with, concerning her living and working environment as well as her familial situation. Wendy and her husband moved to Hollywood, so that Sterling Seagrave could pursue his work on a screenplay. When that project fell through, the couple lived briefly in New York before returning to Bangkok, which was to become their base for some time and where their twins were born in September 1968. In the meantime, significant events had taken place in Burma, and thus also within Law-Yone's family. Thanks to an inexplicable amnesty, Edward Law-Yone had been released from prison in February 1968. And thanks to a personal visit to General Ne Win (who proved himself a fickle dictator when he gave Edward a friendly welcome and agreed to all his demands) he had obtained travel documents for himself and his family. Thus, it happened that at the end of 1968, Wendy was joined by her parents and siblings, now also exiles, in Bangkok.

Edward Law-Yone knew that only by leaving Burma could he hope to change something in his home country. As he wrote to his daughter before his arrival in Thailand, in Burma, he would have been condemned to idleness. In exile, however, it would be possible to form a resistance movement that, with international backing, could exert pressure on the regime in Rangoon: 'Burma will always be our country and we will all come back here when we can do so with honour and with pride ... We are not going to sit idly [...] and bemoan our fate' (p. 170). With his *Nation*, Edward Law-Yone had already striven to lend an ear to differing political voices within Burma. Now that writing was no longer an option for him, he embraced political activism and became the secretary general of the *People's Democratic Party*, an umbrella term for the forces united abroad in their cause of restoring democracy in Burma. With that, Edward also became the foreign minister of the Burmese *de facto* government-in-exile.

While her father went on extended official trips to seek international support for his alternative government, Wendy Law-Yone followed in his professional tracks, when, in 1969, she began working for the *Bangkok World*, one of the largest anglophone newspapers in Thailand. In hindsight, it seems that at this point, a new dynamic developed between Wendy, Edward, and Burma. Due to personal and financial problems, Edward Law-Yone had to let go of his dream of a revolution, even a violent one, in his home country. Together with his wife, he emigrated to the US, where he was to spend the rest of his life. Meanwhile, it was Wendy who, for the time being, remained in the region, moving first to Singapore and then to Kuala Lumpur. At this time, Edward witnessed the dwindling not only of his financial means, but also of the causes for which he had fought and sacrificed so much over the years. Nonetheless, he staunchly held on to his idea of returning to Burma with his family. Wendy and her family, meanwhile, remained on the move, even across continents. However, her sense of belonging to, and her feeling of responsibility for, a nation whose causes were not widely championed abroad remained all the more pronounced. Thus, it was only a matter of time before Wendy Law-Yone was to take up in writing where her father was once forced to stop.

In the early 1970s, together with her husband and children, Law-Yone relocated to the US, where she first studied comparative literature and modern languages in St. Petersburg, Florida, and then held a fellowship at the Carnegie Endowment in Washington, D.C. Her marriage to Sterling Seagrave had ended, their children had remained with him in Florida, and her brother Alban, to whom she had been especially close not just since their joint experience of imprisonment, had passed away. In this difficult phase of her life, her father approached her with a manuscript he had completed, detailing his life in and for Burma. As Law-Yone recalls, it would have been an all too heavy burden to deal with her father's memoirs at a time when she first had to deal with her own experiences. However, it can hardly be a coincidence that, just before Edward's sudden death in 1980,

Wendy Law-Yone completed a manuscript of her own—that is, the manuscript of her first novel, published in 1983 under the title *The Coffin Tree*.

Law-Yone's debut novel revolves around a young Burmese woman and her older brother. Their overpowering father endangers his family with his revolutionary ideals, compelling the siblings to flee to the US, where they have to make their way in a hypocritical, xenophobic society. After the death of her brother, the protagonist is admitted to a psychiatric clinic, where the memories of her Burmese childhood give her new hope and enable her to eventually move back into society. The parallels between the story and Law-Yone's own life are not all-encompassing, but clearly visible. Therefore, it is not surprising that Law-Yone was relieved when her father, who had had the opportunity to read the manuscript, gave her his blessing before her debut as a writer. When Edward Law-Yone died of a heart attack in July 1980, his life's work as well as his life's dream had remained unfulfilled: he had not returned to his home country, the power of the military in Burma was unbroken, and there had never again been an independent daily newspaper in the country, whether in Burmese or English. As Wendy Law-Yone writes, it was at least a consoling thought that her father did not have to witness the further decay of his beloved nation: 'It was a good time, I told myself, for Dad to go when he did. The country he loved with all his might and was forced to abandon would never again be the country he knew. The nation of his dreams was nobody's nation now' (p. 245). In the realm of literature, however, Wendy was soon to achieve what had always been denied her father. In her novel *The Coffin Tree*, acclaimed by critics and readers alike, she connects the personal with the political and thus makes her peace with a nation that can no longer exist.

That her home country still remained close to her heart and work showed in the spring of 1989, when Law-Yone, by now an award-winning writer and journalist, travelled to the border region of Thailand and Burma. On 8 August 1988, the mass uprising that had begun with student protests in Rangoon and quickly spread across Burma had been brutally put down by the military. Thousands of (alleged) critics of the regime, amongst them women and children, were imprisoned, tortured, or executed on the spot. Dissidents who managed to escape the violence fled to the Burmese highlands, where they joined the guerrilla forces of the country's ethnic minorities. It was precisely those militias that Edward Law-Yone had visited in 1970, to win them over for the armed resistance of his People's Democratic Party. His plans had, however, proven unfeasible. Now it was his daughter who, in her own way, tried to call attention to the oppression of her people.

As Wendy Law-Yone recalls in her memoir, she was initially chagrined by the hope that many of the young men and women, yearning for a better future whilst withering away in the squalor of the Thai refugee camps, placed in their 'sister from America'. After all, the rebels' plight, the absence of any of the resources that would have been necessary for the success of their revolutionary plans, was painfully similar to that witnessed by Edward Law-Yone in the same camps almost twenty years earlier. And yet Wendy was able to turn her feeling of helplessness vis-à-vis the seemingly hopeless circumstances of those eager to enforce change upon Burma into yet another creative process. Her second novel, *Irrawaddy Tango*, which was published in 1993, charts the fate of its eponymous protagonist, who, through her dancing talent, works her way up from modest circumstances to being the wife of the dictator of a Southeast-Asian state that is not explicitly named, but obviously modelled on Burma. Kidnapped by rebels, Tango begins an affair with their leader and joins the resistance movement against her husband. After being recaptured by government forces and punished for her disloyalty, she is sent into exile to the US. After further personal blows, she succeeds in returning to her home country and carrying out an act that seeks to liberate it, as well as herself, from the yoke of her former husband.

Such a plot might seem unrealistic, especially since, to this day, there is no solution in sight for the suffering of what is by far the majority of Burma's population. However, with her portrait of an exceptional woman, whose personal fate is tied up with that of her nation, Wendy Law-Yone succeeds in lending a voice, as well as sketching alternatives, to this suffering. Through her protagonist, she comments also on the challenges of life in between East and West. Just as her father, as a politician-in-exile, was eager to turn the concerns of Burma into the concerns of the international community, Wendy Law-Yone, as a writer, seeks to amplify Burmese voices, whether actual or fictional, in all their diversity.

Ten years after her return to the Burmese border, Law-Yone, by then re-married and the mother of two more children, once again found herself in the area, this time in the borderlands between China and Burma. Law-Yone had been asked by a magazine to write an article on the old Burma Road, constructed in the 1930s during the Japanese-Chinese War as the most important connection between China and the British colonies in the region and now reopened to cross-border traffic. In the spring of 2000, Law-Yone's project allowed her to travel the entire length of the road, approximately 1150 kilometres. At the time, China's political and economic opening had given new life to the once legendary Burma Road, and turned it into a hub of legal and illegal trade of all sorts. The starting point of Law-Yone's journey was Kunming, the capital of the Chinese province of Yunnan, the end point Ruili, a town on the Burmese border, which she was then still not allowed to cross. Nevertheless, it was on this journey that Law-Yone was first able to engage concretely with her family history—in a literal sense (in a village near Ruili, she met family members of her Chinese grandfather) and in a symbolic sense (like no other place in the region, the Burma Road represents the interchange between different cultures, between the interests and claims of eastern and western powers, that were formative both for Burma and the Law-Yone family). On the Burma Road, Law-Yone was able not just to follow in the footprints of her father, but to appropriate them for her own purposes. Without actually setting foot on Burmese soil, she could retrace the connection between family and nation in an almost physical way. Subsequently, after her return to the US, Wendy finally felt ready to engage with her father's manuscript. What is more, via a further fictional 'detour', the fate of Edward and his *Nation* was now also to seep into the literary work of his daughter.

Two years after her journey on the Burma Road, there was a further decisive change in Wendy Law-Yone's life. In the context of a David T. K. Wong Creative Writing Fellowship at the University of East Anglia, Law-Yone relocated to England, where she still mostly lives, now with her British husband John. In England, Law-Yone also published her third novel, *The Road to Wanting*, in which the Burma Road plays a central role. The novel's protagonist, a young woman born into squalor, is forced to make her way through Burma, Thailand, and China, until she reaches the Chinese town of Wanting (also Wanding or Wandingzhen), one of the border crossings between

China and Burma and, during the Second World War, an important junction on the Burma Road.

Published in 2010, *The Road to Wanting* tells the story of Na Ga, born in the 1950s in the Burmese Highlands into a community of one of the country's smaller ethnic minorities. Sold off by her parents because of their extreme poverty, she becomes a domestic worker as a child and eventually enters into the service of a US-American expat family in Rangoon. Although they soon come to think of Na Ga as their adoptive child and want to take her back with them to the US, General Ne Win's coup puts an end to their plans. The Americans are forced to leave Burma overnight, and Na Ga is left behind. In search of a better future as a nanny in Thailand, she becomes the victim of human trafficking and is forced into prostitution in Bangkok. Eventually, Na Ga finds herself in a refugee camp on the Thai-Burmese border, where she is rescued, once again, by a US-American expat, Will, who takes her with him to his luxurious villa in Bangkok. Na Ga's relatively tranquil life there is abruptly brought to an end when Will decides to marry a longstanding, also US-American, acquaintance of his. Under the pretext of being concerned for her wellbeing, he sends Na Ga, equipped with money and travel documents, back to Burma, where she is meant to finally engage with her family history and secure a future for herself. A crucial part of Na Ga's story takes place in Wanting, where the devastated young woman first tries to take her own life, but then meets fellow countrymen and -women who, each in their own way, encourage her to take the step back into Burma as a step into a self-determined future.

The Road to Wanting can be read as the most personal of Wendy Law-Yone's novels: its settings include the Thai camps that Law-Yone visited on the tracks of the political history of her father as well as the Burma Road, on which she travelled in search of her own history. Burma is explicitly named as the geopolitical context of the story, and the plot moves along historical events, such as the military coup of 1962, that also had a lasting impact on Law-Yone's life. It is also noteworthy that Na Ga's story revolves around the search for her real name. Na Ga never had the chance to participate in a traditional name giving ceremony, as would have been common for members of her community. What she lacks is a so-called 'name seed', which she should have received from her mother and which would have symbolised the essence of her identity and destiny. In the final scene of the novel, Na Ga passes the border into Burma with the assignment to return the name seed of a deceased fellow Burmese to the latter's place of origin and thus enable him, symbolically, to find his peace. The question of Na Ga's 'real name' remains unresolved. Rather, it is precisely the amorphous nature of her past that opens up new possibilities for her future and turns her into a representative of the many peoples whose voices remain unheard in official Burmese history. In *The Road to Wanting*, Wendy Law-Yone criticises Burmese politics as well as the international community's inability to assuage the suffering of the Burmese people. At the same time, Na Ga's search for her name also symbolises Law-Yone's search for a path to her Burmese roots. With the writing of her novel, Law-Yone succeeds in remaining close to her homeland, even from within exile.

The Road to Wanting was nominated for the 2011 Orange Prize for Fiction. Just as this novel represents Law-Yone's engagement with her Burmese past, her last book to date, *Golden Parasol: A Daughter's Memoir of Burma* (2013), marks the conclusion of a period in which she drew on the manuscript of her father to come to terms with the fate of Burma. *Golden Parasol* can be read as an acknowledgement of the centrality of country in the author's own life—as homeland of her family and forebears, as her own place of birth and as cradle of Edward Law-Yone's *Nation*. It is no coincidence that the subtitle, *A Daughter's Memoir*, plays with the possibility of understanding Wendy Law-Yone, in a double sense, both as daughter of Edward and/or daughter of Burma. In the first instance, in *Golden Parasol*, Law-Yone traces the career of her father, the story of his *Nation* and the decline of the larger nation to which Edward Law-Yone had devoted his life's work. In a wider sense, in her memoir, Wendy Law-Yone connects the personal with the political. Thus, she proves herself an author who has consistently appropriated the far-reaching changes that she and her family were forced to deal with and successfully turned them into a source for literature.

Wendy Law-Yone's literature accomplishes what had always motivated her father and his newspaper, despite all setbacks. In line with Edward Law-Yone's journalistic work, Wendy Law-Yone's writing brings together different fates, stories and convictions and forges these into a compelling whole, without letting the individual voices get lost. These voices are heard in East and West—that is, in both realms of experience in and between which she writes. Thus, Wendy Law-Yone really does follow in the footprints of her father. However, she fills them in her very own way. What ultimately constitutes the appeal of her novels is that they allow even those changes that do not bode well to become sources of hope.

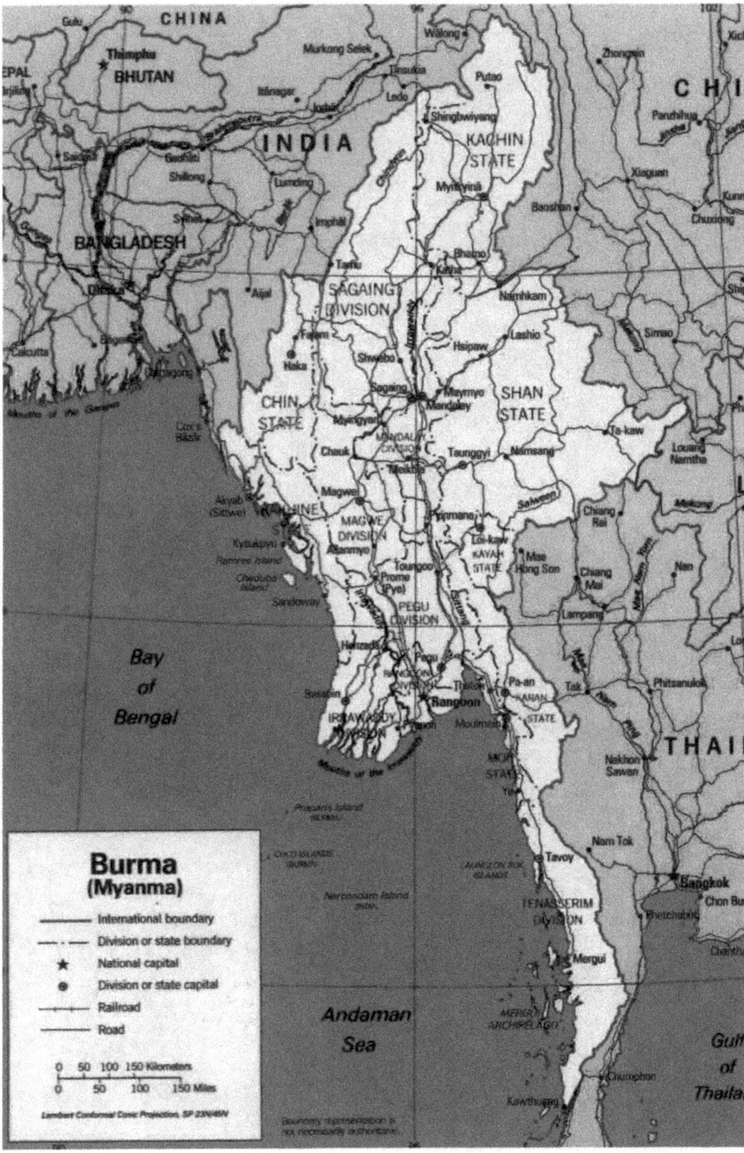

Burma (Myanma)
Quelle/Source: Library of Congress, Geography and Map Division (1991)

Bibliographie Wendy Law-Yone

The Coffin Tree, New York: Alfred A. Knopf 1983.
Irrawaddy Tango, New York: Alfred A. Knopf 1993.
The Road to Wanting, London: Chatto & Windus 2010.
Golden Parasol: A Daughter's Memoir of Burma, London: Chatto & Windus 2013.

Wendy Law-Yone publizierte Kurzgeschichten, Essays, Artikel und Rezensionen in Anthologien, Zeitschriften und Zeitungen, unter anderem in *The Guardian, The Times Literary Supplement, Time Magazine, The Washington Post, Grand Street* und *The Gates of Paradise*. Zum Beispiel:

»Saving Face«, in: *Times Literary Supplement*, 20. April 2018.
»Freelance«, in: *Times Literary Supplement*, 8. November 2013.
»My father's Burmese newspaper, the Rangoon *Nation*«, in: *The Guardian*, 3. April 2010.
»The Old Road«, in: *Solo: Writers on Pilgrimage*, Toronto: Macfarlane Walter & Ross 2004.
»Outsider«, in: *Time Magazine*, 25. August 2003.
»The Pansea Yangon Hotel«, in: *Architectural Digest*, August 2002.
»Chinese Vernacular Architecture«, in: *Architectural Digest*, Dezember 2001.
»Letter from London«, in: *The Washington Post*, 1. März 1998.

»The Burma Road«, in: *Asian Art & Culture*, Smithsonian Sackler Gallery, Winter 1995.
»The Year of the Pigeon«, in: *Without a Guide: Contemporary Women's Travel Adventures*, Toronto: Macfarlane Walter & Ross 1993.
»Life in the Hills«, in: *Atlantic Monthly*, Dezember 1989.

Biographien

MARIJKE DENGER studierte Anglistik, European Union Studies und Theaterwissenschaften an der Universität Leiden, am Trinity College Dublin und an der Universität Bern, wo sie nach einem Aufenthalt an der Universität Kent, Canterbury, 2016 in postkolonialer englischer Literaturwissenschaft promovierte. Ihre Monographie *Caring for Community: Towards a New Ethics of Responsibility in Contemporary Postcolonial Novels*, in der ein Kapitel der Literatur Wendy Law-Yones gewidmet ist, erschien 2019 bei Routledge. Nach ihrer Promotion arbeitete Marijke Denger am Institut für Englische Sprachen und Literaturen der Universität Bern und war als Gastforscherin, finanziert vom Schweizerischen Nationalfonds (SNF), am Royal Netherlands Institute of Southeast Asian and Caribbean Studies in Leiden und der Universität Oxford tätig. Ihr aktuelles Buchprojekt befasst sich mit britischer und niederländischer Kolonialliteratur aus Malaysia, Singapur und Indonesien.

JOHANNA VON KOPPENFELS, geboren 1964, hat Anglistik und Hispanistik in Berlin, London und Salamanca studiert. Neben einer fünfbändigen Ausgabe der *Geschichte meines Lebens* von Giacomo Casanova hat sie verschiedene literarische Anthologien herausgegeben und ein Buch über *Jüdische Friedhöfe in Berlin* geschrieben. Sie lebt heute als freie Übersetzerin in Berlin und München und übersetzte u. a. Texte von Alexander von Humboldt, Octavio Paz,

William Hamilton, Dorothy Herzog, Mario de Andrade und Wilson Collison.

WENDY LAW-YONE wurde 1947 in Mandalay, Burma, geboren und wuchs in der damaligen Hauptstadt Rangun auf. Ihr Vater, Edward Law-Yone, gründete nach der Unabhängigkeit Burmas 1948 die erste englischsprachige Zeitung des Landes, diese wurde jedoch nach dem Militärputsch 1962 aufgelöst, Law-Yone als Herausgeber verhaftet. Auch Wendy Law-Yone wurde, nach einem gescheiterten Fluchtversuch, kurze Zeit inhaftiert, konnte 1967 jedoch aus Burma ausreisen, zuerst nach Thailand und später in die USA. Dort studierte sie Komparatistik in St. Petersburg, Florida, sie war Fellow am Carnegie Endowment in Washington, D.C., und machte sich einen Namen als freie Journalistin. In den USA publizierte Law-Yone auch ihre ersten Romane, *The Coffin Tree* (1983) und *Irrawaddy Tango* (1993). Im Rahmen eines Fellowships an der Universität von East Anglia übersiedelte sie 2002 nach Großbritannien, wo 2010 ihr dritter Roman, *The Road to Wanting*, erschien. Dieser wurde im folgenden Jahr für den Orange Prize for Fiction nominiert. 2013 erschien *Golden Parasol: A Daughter's Memoir of Burma*, worin Law-Yone die Geschichte ihres Lebens mit der Geschichte ihres Vaters und jener des gemeinsamen Heimatlandes verknüpft. Wendy Law-Yone lebt heute, gemeinsam mit ihrem britischen Ehemann, in London und in der Provence.

OLIVER LUBRICH ist Professor für Komparatistik an der Universität Bern und Projektleiter der Friedrich Dürrenmatt Gastprofessur für Weltliteratur.

Förderer

Die Friedrich Dürrenmatt Gastprofessur für Weltliteratur an der Universität Bern wird gefördert von der Stiftung Mercator Schweiz und der Burgergemeinde Bern.

STIFTUNG
MERCATOR
SCHWEIZ

Burgergemeinde
Bern

UNIVERSITÄT
BERN

Der vorliegende Band wurde verwirklicht mit Unterstützung der Stiftung Pro Scientia et Arte.

Erste Auflage
Verbrecher Verlag Berlin 2021
www.verbrecherei.de

Druck und Bindung: CPI Clausen & Bosse, Leck
Satz: Christian Walter

ISBN 978-3-95732-471-9

Printed in Germany

Der Verlag dankt Sophie Bölke, Alyssa Fenner,
Johanna Seyfried, Anouk Spilker und Jasper Stephan.